ちくま文庫

新版 いくさ世《ゆう》を生きて

沖縄戦の女たち

真尾悦子

筑摩書房

目次

いくさ世《ゆう》を生きて――沖縄戦の女たち

本作品は筑摩書房より一九八一年に単行本として、一九八六年にちくま文庫として刊行されました。

新版の編集にあたって、地名等の読みがなについては、執筆当時の著者の表現を優先しました。若干の編集部注を付した他、明らかな誤記・誤字には修正を加えています。

本文中には今日の人権意識に照らし合わせて不適切と考えられる表現・語句等が含まれている場合がありますが、時代的背景及び作品の文学的価値を鑑み、また著者が故人であることからそのままとしました。あらゆる差別を助長する意図はありません。

第一章　うわいすうこう

五十三年*五月である。

那覇《なは》空港で荷物を受け取ろうとしていた私を、山城永盛《やましろえいせい》さんがロビーの人混みからせかせかと手招きをした。まるで、電車かバスで隣り町からきたのを出迎えるようなあんばいであった。

「沖縄は近いでしょう――」

それだけ言って、彼は私を車に乗せた。

童顔に、長いまつ毛、濃い眉は、二十年前とまったく変っていない。髪も黒々としているし、表情も精悍《せいかん》そのものである。昔とちがって血色がいいから、とても五十歳にはみえなかった。

*昭和五十三年（一九七八年）

空港を出て、広い舗装道路を走りながら、私は腰を浮かしてきょろきょろと見回した。午後の陽ざしをうけた高い街路樹に、真紅の花が点々と咲いていた。県花の梯梧《でいご》だという。しかし、助手席にいて何となく落ちつかないのは、右側通行のせいだと気がついた。交差点で右折するときなど、一瞬ヒヤリとする。だが、それも七月には左に変更されるそうで、カバーをかけた新しい信号機や標識が目についた。

まもなく、左手に頑丈そうな金網の塀《へい》があらわれた。向こうは港湾らしかった。眼を据《す》えると、水の上に、四角い、巨大な怪物が並んでいた。周辺に人影はなく、赤茶けた鉄錆《てつさび》が際立って見えた。

「あれですか？　上陸用舟艇ですよ。三十三年前に、あんなのでアメリカ兵がどんどん上がってきたんです」

彼は、ハンドルをちょっと持ちかえて前方を正視した。立体交差の国道、高いビル、がっしりとしたコンクリート造りの家々。東京の街とちがっているのは、家も道も妙に白っぽいことくらいだった。約三十分で、浦添《うらそえ》市の高台にある彼の家へ着いた。

瀟洒《しょうしゃ》な洋風建築である。レンガ色にちかい土の庭には、濃緑の厚い葉をつけた樹木が整然と植えられていた。山城さんは、巧みな操作で車を玄関脇のガレージへ入れている。

三十四年十一月に初めて会ったときの彼は、いまの半分ほどに痩《や》せて、顔色がひどく蒼かった。

当時、私は福島県平市《たいら》（現・いわき市）で、胸郭成形手術をした夫と二児の暮しを、手内職でかつがつ支えていた。その身辺を書いた私の作品を読んだといって、突然訪ねてきたのである。

二十歳代の彼は、夫と同じ結核回復者だった。療友会をつくって、医療の遅れている沖縄から、ようやく空きベッドがふえはじめた本土の結核療養所へ、手術可能な患者を送り込むために奔走している、と言った。

山城さんは、ポケットから黒表紙の出国証明書を出して見せた。日本人が、沖縄から福島県へくるのに、パスポートが必要だったのである。手に取って眺めているうちに、敗戦で、沖縄が外国になってしまった、という思いが突き上げてきた。

そのとき、昭和十年代に首里《しゆり》から東京の学校へきていた同級生、勝連《かつれん》ハツさんの顔が脳裏に浮かんだ。

「首里は、とくに集中攻撃をうけて廃墟になりましたからね。手がかりがつかみにくいと思いますよ」と言う彼に、どうか、さがして下さい、とお願いした。

その後、彼の主宰する療友会の機関紙や沖縄タイムス紙に、何度も尋ね人の記事を出してもらったが、ハツさんの消息は知れなかった。

〈県民の三分の一*は戦死したのです。女子は自決した人も多い。小さな島ぐにを、これだけさがしても見つからないのは、もう、絶望かもしれません〉

彼からの便りには、かならず本土復帰をねがう言葉が添えられていた。三十六年には、百名の結核患者を本土委託治療に送り出した、という手紙が届いた。四十二年にはリハビリテーション施設、その二年後に、回復者の授産センターをつくった、と、きちょうめんな字で書いてきた。

昭和四十七年五月十五日に、沖縄は日本に復帰した。

その年に、山城さんは沖縄県厚生事業協会を設立し、さらに身障者授産施設を完成させた。彼は私に、ぜひ一度沖縄へきてみないか、と誘ってくれたのである。

彼はしかし、二十年ぶりに会った私には、あまり仕事の話をしなかった。

「ベランダへ出てみませんか」

欄間《らんま》をもふさいだ、高い天井までの長い木製の雨戸を、ガラガラと繰った。台風に耐えることと、泥棒よけを兼ねているのだという。

そこには、手の届きそうな星空があった。風のなま暖かい、亜熱帯の夜である。

「何もかも、復帰してから変ったんですよ」

復帰前は、アメリカ軍の軍用道路以外は舗装されていなかったし、家もまばらだった、と、彼は眼下にひろがる那覇の町々の灯を眺めながら言った。


翌朝、私は何気なく新聞をひらいてぎょッとした。埋没していた、戦争当時の壕《ごう》が発掘されたという、写真入りの記事である。

崩れた壕の壁際に、白く丸いものがるいると重なっていた。人骨なのだ。錆びた鉄カブトや飯盒《はんごう》、万年筆なども出てきた、と書かれている。那覇市内なのである。

早朝マラソンから戻った山城さんは「このあいだもそんなことがありました。遺骨は、まだまだ出るはずですよ」とケロリとしていた。

あり余る食料品、衣料、観光みやげ等々で、戦争など忘れ果てたように見える町である。その繁栄の真下に、戦後三十三年を経てなお、誰とも知れぬ、無数の白骨を抱く壕が発見される。それが、沖縄では日常茶飯事なのか、と私はあらためて彼の顔を

＊戦前の沖縄県の人口は約49万人、戦没者が約12万人。県民の4人に1人が亡くなったとされる。（沖縄市役所公式HP「沖縄市民平和の日9月7日」より／更新日2022年3月1日）

見た。

「せめて本島だけは、端から端まで見てほしいと、いろいろプランを立てているんですがねえ。まず、この近くの、去年私たちの協会がつくった老人ホームを見ていただきましょうか」

百名収容の特別養護老人ホーム〈ありあけの里〉は、浦添市前田にあった。施設のほかには人家もなく、車も滅多に通らない。静かすぎるような台地である。

しかしそこは、沖縄戦で、首里を目指す敵の猛攻撃を阻止した日本軍が、昭和二十年四月十九日から、凄《すさま》じい死闘を繰り返した地区であった。五月四日に総反撃を決行して、ついに敗れたのである。日本軍は、五千名の死者を出したという。

戦前は、この丘の下にある盆地が、人口千二百の村落であった。そのときの戦闘で、村民二百九十五名がかろうじて生き残った。丘の上の樹木をはじめ、村は小屋一つ残さず焼き払われてしまった。

現在の、緑濃い環境と、広い敷地に建つ明るい施設からは、とうていかつての激戦場を想像することはできない。

ホームの玄関ロビーには、熱帯魚の大水槽が据えられ、面会用のソファーなどもある。階下はすべて寝たきり老人の病室。二階へは、手すり付きのスロープでらくに上れるようになっていた。

左手、談話室の奥にある、二十畳敷くらいの和室で、私は老女たちと一緒に純白のおむつをたたみながら、いろんな話をした。

戦後の転変を語る人は少ない。誰もが、重い口をひらくと、いきなり、三十数年前の、戦争の恐怖を洩らすのだった。

——カマドさんは、ことし六十九歳になったという。

沖縄戦で、幼かった息子二人を失い、防衛隊で片脚をなくした夫とも、八年前に死別した。彼女は、すでに何か所もの老人ホームを遍歴したそうである。

「ここは安気《あんき》（気楽）だから、もう死ぬまでどこへも行かんさ」

低い声で笑うカマドさんは、骨太で、背すじもシャンと伸びていた。

「なに、丈夫なようでも、膝《ひざ》に、アメリカさんのタマが入っとるからね。人並には歩けんさ。手術しても、この破片は取りきれん言うて、医者は、絶対治《なお》らん言うてからに——。小満芒種《すうまんぶうすう》（雨季）がくると、きつう痛みよる。仕方ないさア、戦争でやられたんじゃからね」

戦前、彼女は首里で菓子屋をしていた。

「とうちゃんの作るまんじゅう、うまい言うてね。繁昌していたさ」

昭和二十年五月。三十六歳だった。

「子どもはあんた、十三歳、七歳、四歳、一歳。四名も引っぱってからに、六十歳になる舅《しゆうと》さんと姑《しゆうとめ》も一緒に、タマの下をくぐりくぐりして逃げたのよ。姑はもうトシいってるからね、子どももなんか見てもらえんさ。わたしは、にわとり追うみたいに、六名の家族つれて壕やら墓やらへ入っては隠れよった」

〝どこでも、一時しのぎしかできん。ヤマト（本土）の兵隊に追い出されたり、タマがきよったりしてよ〟とそこまで言って、彼女はきつく眼を閉じた。私は黙って手を動かしながら、つぎの言葉を待った。

「タマ、いうのはね、どないしても、当る者には、当る。あんなふうになってしまうたらもう、どこへ行ったら安全、という場所はないんだから、運命さ、ねえ。沖縄がほんとのいくさ場になるなんて、考えてもみんかったけどよ。とうちゃんは召集で南部へ行っとったから、わたしら七名は三月からずっと首里の壕で暮しとった。四月の末になったらヤマトの兵隊がきて〝おばさん、ここはあしたにも敵がくるかもしらんから、早く出なさいよオ〟と言うた。さア、どこへ行くかねえ、と考えて、上の二人の子どもに、味噌やかつおぶしゃ砂糖をふろしきで背負わせて出たのよ。舅たちはトートーメー（位牌）を大事に持つのがやっとさ。けっきょく、識名《しきな》にある、うちの墓に十五日も隠れとった。食べ物はあっても、毎日毎日雨がひどうて、火を燃やしきらん。うっかり煙を出したら、すぐにタマが飛んでくるからね。芋をナマでかじったさ」

アメリカ軍は、隣接の浦添まできていた。艦砲射撃は首里をめがけて集中した。繁《はん》多川《たがわ》をはさんだ向かいの識名は、墓の石室にいても轟音のたびに体が揺すれた。

舅姑は、先祖の墓を荒した報いでこんな目に遭うのだ、とカマドさんを責めた。もはやここで死ぬほかはない、と動こうとしないのである。

「死ぬのはいつでも死ねるからねえ。子どももいることだし、逃げられるだけ逃げよう、と言うたですよ。それにね、まだまだ、日本軍がいくさに負けるはずがない、最後は絶対に勝つ、と信用していたからね。いっとき苦しいのを辛抱すれば、本土から応援がきて捲《ま》き返すにきまってる、とそう言うて姑たちを連れ出したのよ」

道はどこも穴だらけであった。艦砲でえぐられたくぼみに雨水が溜って、大小の池になっていたのである。

「とても、子どもには渡りきれんさね。艦砲の穴に落ちてもぐれば、溺れてしまうくらい、大きくて、深かったよ。一人一人抱いて渡しても、またすぐつぎの穴にぶつかる。橋はね、敵の戦車が通れんように、友軍（日本軍）がわざとダイダマ（ダイナマイト）で壊しおったからね。だから、遠回りして、わき道を見つけて歩かんならん。昼は艦砲が激しいから隠れとって、夜にあるくのさ。照明弾がユラユラ落ちてくると、それッ、いまのうちに走れッ、言うてね。あれは、パァーッと明るくなるけど、すぐあとにタマがドカンドカンくるのさ。まともに当らんでも、あおられて引っくり返るよ。わたしらばっかりでない。もう、道いっぱい、ぶつかりぶつかり、押しどけて歩くほど、おおぜいが右往左往しとったからね。人が倒れとっても、踏《ふ》んで走るしかないのさ。身持ち（妊娠中）女や、子ども背負うたおばあさんが死んでるのにも出会うた。三歳くらいの子どもだけが生きて、泣いとったりする。それでも、他人のことなんか考える余裕がないわけさ。自分の家族だって、ちょっとゆだんすりゃ、はぐれてさがさんならん始末さね」

一度、子をおぶったまま、泥水の穴にずるずるウと落ちてしまった。水田と同じ泥沼である。もがけばよけいに潜ってゆく。

「あれに沈んだら起きられんよ。もう、ダメか、と思うたときに、灯りがついた（照明弾が投下された）。舅がわたしを見つけて手エ引っ張ってくれたのよ。すぐにタマはきたよ。少し先にいた人がたが何人かやられて、手足が千切れて飛ぶのが見えた。ソンでもね、自分さえ助かれば、ああ、明るうなってよかった、と思う。勝手なものさねえ」

彼女は、それが癖《くせ》なのか、ときどき手を休めてふーッと深い溜息《ためいき》をついた。

「アメリカーは、四月から沖縄に上陸しとったからね。いつ、目の前へきてわたしらを撃つか分らん。子どもが眠たがって泣いても、夜しか歩けんのよ。哀れして（かわいそうになって）どこか、頭だけでも隠せる場所を見つけて眠らせよう思うたって、壕はダメ。みんな友軍が占領しとってからに、子《こ》連れは絶対に入れてくれよらん。殺す、言うもんね。仕方ないから、樹の下にたアだ木っ葉《ぱ》敷いて寝かせたさ。どこも、雨でビショビショ。わたしの膝《ひざ》の上に子どもらの頭並べてよ。足はみんな泥水の中につかっとった。大きい子は、おじいとおばあの膝借りて、顔だけ水につからんようにしとった。鼻と口に水が入らな、上等よ」

壊された橋桁《はしげた》のかげに、七人が押し固まって隠れた日があった。六月十日ごろではなかったか、とカマドさんは言う。

「アメリカさんはね、夕飯どきになるとタマ撃つのを休むのさ。そのときに、友軍が忍んできて、水くれ、言いおった。前の晩に命がけで泉《カー》へ行って汲んできた水、子どもの分しかないからこらえて下さい、言うたらね。くれなきゃ叩き斬るぞって、向ってきおった。長い剣を吊った兵隊よ。どうぞ、どうぞ、言うて水出したさ。恐ろしかったねえ」

その夜半に、ようやく無人らしい壕を見つけた。夜明け前に身を隠したかったのである。

「誰もおらん思うたのに、奥のほうから、ならん、ならん、て怒る声がしよる。友軍がひそんどったのよ。兵隊が死んだら、沖縄を守ることができん。住民はいくさの邪魔じゃ、言うてね。いくさは、誰のためにしとるんか、友軍は、沖縄の、何を守ってくれるんかねえ、と思うても、兵隊には絶対口答えはできんからよ。黙って出たさ。拾うた木の枝をみんなの頭にかぶせて、道端に固まっとった。そんな偽装したって、トンボ（アメリカ軍偵察機）からはまる見えさねえ。昼間、低空してきたときは、こっちからもよう見えたよ。アメリカーは、パンツひとつで乗っとった。人間の影を一人でも見つけたら、ねらい撃ちしてくるわけよ」

あれは、確か、真壁《まかべ》（現・糸満市《いとまん》）の近くじゃった、と、彼女はたたみ終えたおむつの山をトントンと叩いた。そして、ガマ、といわれる、大きな自然洞窟をみつけた、と言うのである。やはり、奥に兵隊がおおぜいいた。子どもは入れるな、と押し殺した声が聞えた。しかし、もはや疲れ果てていた。何と言われても動けなかった。足が、一歩も前へ出ないのだ。外は土砂降りであった。

壕の中には、住民もいた。おとなばかりだった。彼女の背中にいる一歳の男の子は、数日来、あまり泣き声を立てなくなっていた。声が出ないようなのである。せめて、背中からおろして、砂糖キビの汁だけでもすすらせてやりたい、と彼女はあせった。

「泣かせませんから、兵隊さん、どうかおねがいします、と拝んだですよ。孫を助けて下さい、そう言うて、年寄り二人も掌を合わせてた。男の子だからねえ。大事なあと継ぎを死なせるわけにいかんでしょうが――」

そのとき、頭上に爆音がひびいた。機影が見えたのである。彼女は夢中で舅姑と子どもたちを壕へ押し込んだ。許可を待ってはいられない。

「わたしが体を隠したと思うたら、ヒュウ、ときた。壕の入り口へ破片が落ちた。トンボからでなくて、あれは艦砲だったんだねえ。あとで這《は》い出してみたら、もう、こんなして手で取れるところに刺さっているのよ。あのじぶんは、破片なんて分らんさねえ。タマ、とはこんなものかって触ったら、指イやけどしたさ。焼けてからに、ジユウ、いうてね。これが人を殺すのかねえ、と思うた。破片は、掻き集めるくらい、そこいらにいっぱいしてたよ」

兵隊は、艦砲におどろいたか、怒るのを忘れて、それは砲弾の破片だ、とカマドさんに教えた。

背中の子は、おろして砂糖キビの汁を飲ませようとしても、吸い込む力を失っていた。声を立てないで、徐々に衰弱していったのである。三日目に、苦しむ気配もなく、子は彼女の膝で冷たくなっていた。

カマドさんは言う。

哀れで、ひと晩、死骸をしっかと抱きすくめていた。子の死に顔を確かめるすべもない、暗い壕の中であった。

やがて、屍臭が、彼女に子を離させた。タマのくる壕の外へ、その小さな体を押し出して、雨ざらしにしてしまった。

わるい親だった、と彼女は病む膝をふるわせた。

それきり、ひとこともしゃべらなくなった。何分かののち、彼女は不機嫌な表情のまま、つと立って、野菊、という部屋へ入っていった。

右肩がかしいでいた。私は、そのうしろ姿を呆然と見送った。

カマドさんばかりではない。ホームの入所者百名は、全員が沖縄戦の体験者なのだ。

私は、二階の一番奥にある、宿泊室に泊めてもらうことにした。話を聞けなくてもよい。一緒にときを過ごして考えたい、と思ったのである。

〈ありあけの里〉の朝がきた。

午前七時には、廊下のあちこちから話し声が聞えた。

蒸し暑いので扉をあけ放ち、廊下へ出てみると、そこに背を丸めた老爺がいた。ブヨブヨに太っているせいか、動作が緩慢だった。廊下の突き当りにあるガラス戸に額《ひたい》を押しつけて、空を仰いでいるのだ。ベランダへ出る様子もない。それどころか、よく見ると、ひどくおびえたふうに、腰を低くひいていた。

「アレ、またやってるよ。いまでもトンボがくるか思うて、ああして見張りしとるのさ。戦争ボケの恍惚《こうこつ》さんだからね」

湯呑み茶碗を持った、ひとつかみほどの老女がそう言った。彼女は、さむざむとした眼で廊下の端を一瞥《いちべつ》してから、ゆっくりと向かいの部屋へ消えた。

その日の昼食に、私は食堂でみんなと賑やかにフーチバジューシー（よもぎ入り雑炊）を食べた。

階下へのスロープに向かいながら、顔見知りになった老女に別れの挨拶をしていると、あの太った老爺が不審そうに寄ってきた。

「もう、退院するねえ？」

彼は、ここを病院と間違えているのであろうか。大きな体に似合わず、眼がしょぼしょぼしていた。私は「おげんきでね」と頭を下げた。

カマドさんの姿はどこにもなかった。

きのうは、子の惨《むご》い死を思い出させてしまった。彼女は、ベッドで毛布をかぶっているのかもしれぬ。私は心の中で詫《わ》びながらホームを出た。

山城さんの家へ戻った翌日は、快晴の日曜日だった。五月なのに、まるで東京の真夏日のようにぐんぐん気温が上がった。彼は、一刻もじっとしていられないという様子で車を出した。夫人と三人で、南部の戦跡へ向ったのである。

途中、私はともするとカマドさんの皺《しわ》ばんだ顔が瞼《まぶた》に浮かんできて、夫妻との会話を跡切らせてしまった。

――五月に首里の壕を追われ、識名の墓に隠れて、激しい砲撃にいたたまれなくなったカマドさんは、舅姑を説得して南下した。真壁という村を過ぎるまでに、彼女はこの南部を一か月もさまよっていたのである。

「真壁ですか？　摩文仁《まぶに》と糸満《いとまん》のあいだ、といっても、三キロくらいしかありませんがね」

浦添市を出発して、那覇を通過し、ものの三、四十分も走ったかとおもうと、標識に〝糸満市何々〟とある。市街地を出外れてからは、まるでセメントの粉のような土埃《つちぼこり》の舞い立つのが目をひいた。泥道で車は揺れるが、道の色は舗装道路と見分けがつきにくかった。山側には、伸び放題の芒《すすき》野原が多い。

「いいえ、あれはみんなキビ畑なんですよオ。ホラ、よく見れば白い穂がピンと立ってるでしょう。似てますけどね、芒は穂が寝てるんです」

夫人が笑いながら澄んだ声で説明した。

「あ、うっかりしてて、真壁へ入る道を通り越しちゃった――」

山城さんが運転席から振り向いた。もう、摩文仁へ着いた、というのである。浦添からの距離は、約三〇キロメートルの由。

カマドさんは、真壁の壕で子を喪《うしな》ってから、どこで捕虜になったものか、語らなかった。もう一人の男児はタマにやられたものか、それも聞かずじまいである。

「いずれ、ここいらへんだと思いますよ。どっちへ行ったってすぐに海ですからね。あのころは、首里を陥《おと》されて下がってきた兵隊も三万はいたでしょうし、その倍くらいの人数の住民とが、ごっちゃになって追われてたんです。逃げ場のないところで撃たれて死に、飢えて死に、友軍に殺された人もいます。手榴弾《しゅりゅうだん》や、海へはまって自決した人だって多かったはずです」

車からおりると、目の前が〈ひめゆりの塔〉であった。その真下にある壕の傍らで、幾組もの若い男女が笑いたわむれていた。あたりは、鬱蒼《うっそう》とした樹木が陽光をさえぎって、観光客たちの洋服や白い帽子が場違いに見える、陰湿な風景であった。

壕の入り口は、黒く、ゴツゴツとした、人ひとりがやっとくぐれる岩穴で、屈折した洞窟の内部は闇《やみ》に閉ざされていた。私は、山城夫人の丸い肩につかまって柵《さく》から体をのり出したが、何も見えはしなかった。岩肌が異様に黒いのは、苔《こけ》ではなくて、硝煙で焦げた痕《あと》であろうか。夫人は、息をひそめているかのように何も答えない。

摩文仁では、なぜか、夫妻は黙しがちであった。

健児の塔へ向かううす暗い坂は、見上げる高さに花をつけた、梯梧の並木道だった。そろそろ、花の散り初める季節だという。存分に人の血を吸い上げた色である。坂道で、いつまでも樹を振り仰いでいた夫妻の姿が、そこだけくっきりと私のなかに灼《や》きついた。

摩文仁の戦跡公園には、富士をかたどった静岡の塔、秋田は千秋の塔、広い敷地に建つ福島の塔など、ほとんど全都道府県が郷土出身の戦没兵士を祀《まつ》っていた。それぞれの向きが多少ずつ違っているのは、遥かにその郷里へ向いているからだと聞いた。

そこに立った私は、しだいに割りきれない気持になった。碑が、どれも立派すぎるのである。まことに不謹慎な言い方だが、まるで、塔のデザインコンクールを眺めているような、ちぐはぐな印象をうけた。

夫人がさしかけてくれたパラソルの蔭で、私は足を引きずって歩いた。せまい石段を上りきると、急に、まばゆいほどの碧《あお》い海原が展開した。巌頭に柵《さく》をめぐらして建っていたのは〈黎明《れいめい》の塔〉であった。

夫人が眼下を指さした。

「あのじぶんにはね、アメリカの軍艦が、隣りから隣りへ渡って歩けるくらい、ぎっしり並んでいましたよ」

いまは、ちりめん皺の海が、とろりと凪《な》いでいるのだった。

ひと息いれて車に戻った私たちは、北へ約十分間走って、玉泉洞《ぎょくせんどう》という鍾乳洞へ行った。全長四一〇〇メートルのうち、観光洞は八〇〇メートルだが、蛍光灯の下、長い階段や、ほそい吊り橋を滑らないように歩くのに難儀した。洞窟には、音を立てて流れる、澄んだ川もあった。しかし、このだだっ広い自然洞窟は、愛媛大学の学生たちによって、昭和四十二年三月に発見されたのだそうである。これが、もし戦時中に住民の避難壕に使われていたら、と残念でならなかった。

私は、またしてもカマドさんを思い出していた。壕を追われて、タマのくる樹の下のぬかるみで子らを眠らせた、という声であった。

山城さんは、腕をうしろに組んで、黙々と歩を運んでいた。彼は、どちらかというと雄弁家にちかいほうである。だが、その日は帰りの車でも、ほとんど口をひらかなかった。

なか一日おいて、私は本島北部へ行けることになった。山城さんが常務理事をつとめる厚生事業協会の会長、元沖縄タイムス紙記者の、大山一雄《おおやまかずお》さんの案内である。彼は、六十代前半くらいの、痩身で、ものしずかな紳士だった。同行は、新聞社の社員が二人。運転者は川上さん。助手席が玉城《たまき》さん。どちらも、四十歳前後であろうか。

那覇から、国道五十八号線へ出て、牧港《まきみなと》、宜野湾《ぎのわん》、と北へおよそ四十分間走ると、右側に長々とつづく金網の塀囲《へいがこ》いが見えてきた。塀には、等間隔に白い札が貼《は》られていた。

「あ、あれにはね、〝無断立入り者は、日本国の法律で罰す〟と書いてあるんですよ」

川上さんが前を向いたまま言った。

その中は、いままでの雑然とした街々とはガラリと趣のちがう、グリーン一色の広大な芝生である。たまに、単純な倉庫ふうの建物が点在する以外は無人の、別世界。沖縄は、在日アメリカ軍基地の五三パーセントを擁するというが、そのなかでも規模の大きな、嘉手納《かでな》基地であった。

——二十年四月一日午前八時。無数の上陸用舟艇が砂辺《すなべ》海岸に近づき、水陸両用戦車とトラックで、六万人のアメリカ兵が怒濤のように上がってきた。現在の、宜野湾市伊佐から、北谷《ちゃたん》町、嘉手納町をはさみ、読谷村《よみたんそん》の楚辺《そべ》にいたる、約一〇キロメートルの海岸線を埋めた。午前十一時三十分には、嘉手納、読谷両飛行場を占拠。まったく無抵抗の日本軍を尻目に、内陸へ急進撃し、翌二日には太平洋側に達して、本島を分断した。上陸地点からさらに一〇キロメートル北は、本島で最もせまい個所であった。

「この石川市では、東西が一里しかないんです。たった四キロメートルですよ。右の金武《きん》湾は太平洋、左、ムーンビーチは東シナ海。もう少し晴れていれば、両方の海が一度に見渡せたんですがね」

〝沖縄本島の首ですな。アメリカは、このへんをまずがっちり抑えてしまったんですよ〟と、大山さんが声を立てずに笑った。

本島の南北全長は、一三〇キロメートルだという。信じ難いが、高速道路を車で走れば一時間余の距離である。石川市を、東シナ海側から太平洋側へ横断するといっても、私の家から最寄りの私鉄の駅へ往復するのと変らないのだ。

ここから北、本部《もとぶ》半島を含めて、北端辺戸《へど》岬までが国頭《くにがみ》郡である。通称山原《やんばる》とよばれているが、耕地に恵まれず、食糧が乏しいので、南部の人びとには僻地視されてきた。

昭和二十年二月、政府は、その北部地区への住民疎開を命じた。しかし、それほど戦局が緊迫しているとは知らずに、食糧難を心配して躊躇《ちゆうちよ》した人が多かった。三月二十五日に艦砲射撃が開始されてからあわてふためき、石川を通って北へ逃れる人が道路に溢れひしめいた。だが、アメリカ軍が上陸した四月一日以後、地上は封鎖されてしまったのである。

「あとから思えば、いっそ、そのころに捕虜された人は苦労が少なかった。しかし、逃げ場を失った人たちの大部分が、やがて戦場になる、南へ下がっていったんですよ」

そんな話を聞いているうちに、車は恩納《おんな》村《そん》の平坦な国道を、海岸沿いに北上した。石川から二五キロメートルで名護《なご》市へ入り、本部半島との境の平野を縦断して、ふたたび海岸へ出た。

「あれ、あそこに見えるでしょう?」

大山さんが私をつついて、沖にポッンと浮かぶ黒い岩を指した。

「夫振岩《おとふいいし》というんですよ」

——昔、近くの村に住む娘が、いいなずけの男を嫌って、くびを横に振りつづけた。困り果てた双方の親が、寒い日に無理矢理二人を舟に乗せ、あの岩の上に置き去りにした。火も食べ物もない。海風は容赦なく肌を刺した。

男が、そっと女の肩を抱いて温めた。そのぬくもりが、やがて娘の心をときほぐし、岩の上の影が一つになった。

「沖縄では、いまもその伝説が生きているんです。親のすすめる相手を嫌う娘には、夫振岩にでも行け、と言いますからね」

元は、そりゃア、のどかな村だったんですがねえ、と彼は窓外を見た。

「いま通ってる、この源河《げんか》というところも、アメリカ軍が上陸してからは、住民が機銃で撃たれて大変だったんです。首里や那覇からもおおぜい避難してきてましたからね。もっと山のほうへ隠れれば、こんどは食べ物がない。そこいらにひそんでいた友軍の敗残兵も、飢えて避難民を襲いましたしね」

車は、後原《くしばる》から、大宜味村《おおぎみそん》へ入って、塩屋《しおや》湾にかかる大橋を渡り、辺土名《へんとな》のせまい道路端に停まった。国頭村であった。

「ヒルにしませんか」

水色のペンキがところまだらに剝《は》げた扉に、ただ〈食堂〉とだけ書かれていた。川上さんたちにつづいて、大山さんがガタピシと扉を押した。

「やあ、一雄ちゃんじゃないか！」

いま通ってきた大宜味村喜如嘉《きじよか》が、大山さんの生地だそうである。食堂の主人は幼馴染《おさななじみ》なのでもあろうか。

店内正面の貼《は》り紙に〈七分間で料理ができないときは代金不要〉と大書されていた。粗末なパイプ製の椅子が四、五脚の店である。壁にも、墨痕鮮やかに、家康の家訓や福沢諭吉の教訓などを浄書した紙が貼りめぐらされていた。

七分ジャストで料理が運ばれてきた。あの貼り紙を読んだとき、私はつい時計をのぞいてしまったのである。彼は、店主兼料理人兼給仕らしかった。山盛りの丼飯《どんぶりめし》と豚肉、菜っ葉の煮付け、卵入り味噌汁が素朴な味でおいしかった。

大山さんと店主は、無言でうなずき合っている。たとえば、東京の住人が、北陸で偶然幼友だちに出会った、というのとはニュアンスがちがうのである。いつでも会える近隣同士のように、淡々としていた。

雲が低くなってきた。車は多少スピードを出した。道はやはり海を左に見て一直線。まもなく、地図にはない、大小さまざまの小島が、遠く近く見えかくれしはじめた。濃緑の樹木におおわれた島が、すぐ眼前にあらわれることもある。砂浜は、ごくせまいか、まったくなくて、岩礁がじかに波をかぶっていたりした。日本三景の一つ、松島を連想させる景観であった。

右手には、こんもりとした丘や、低い屋根の民家、稀には、赤瓦の屋根にシーサー（魔除けの陶製獅子《しし》）をつけた家も見えた。墓は、戦後のものらしく、コンクリート製の破風型が多かった。急斜面の段々畑は、畳二、三枚かと思うくらいに小さい。

一度も、人や車に出会わないで、長さ一〇メートルばかりの、岩の洞門をくぐった。見事な奇岩である。昔は、車どころか、人ひとりがやっと通れる小径《こみち》だったそうな。北へ向かう人と、南へ下がる人とが出っくわすと、どちらかがゆずって洞門の外へ引き返すしかなかった。だから、そこを〝戻《むうどぅ》る道《みち》〟という。

いよいよ、沖縄本島の最北端、辺戸岬へ行き着いた。那覇から約一〇〇キロメートル、ゆっくり昼食をとり、風景をたのしみながらで、三時間弱の行程である。

「ああ、残念!! きょうは与論島《よろん》が見えませんねえ」

川上さんが、海上を指して大声を出した。

岬の突端は、そそり立った岩の断崖絶壁である。崖《がけ》の上は、ところどころに黒い岩が飛び出し、岩の隙間《すきま》に短く固い草の生えた台地であった。

復帰前は、毎年四月二十八日に、青年たちがここに集まって大焚火《おおたきび》をしたという。昭和二十七年四月二十八日は、サンフランシスコ平和条約が発効し、沖縄が日本から切り離された〝屈辱の日〟である。そのときワトキンズ少佐が言ったとおり、沖縄はネコの前のネズミに等しく、アメリカ軍政府の権力に服従するよりなかった。

「ぼくらは、とにかく、みじめな思いをさせられていましたからね。どうしても、早く復帰したい、と思いました」

川上さんは、そう言って岩の上へ足を伸ばした。大山さんも、玉城さんも、黙って腰をおろした。

「沖縄の人間は、スプーン一本拾っても大騒ぎされるけど、アメリカさんは、寄ってたかって沖縄の女を強姦しても、どうってことはない。ま、とっつかまれば、一応裁判のかたちはとりますがね。あとは、本国送還、とかでウヤムヤになるんですよ。基地内は、完全な治外法権地区だから、CP（民警）は手が出せないんです」

当時、アメリカ兵が上半身裸《はだか》で那覇の町をのし歩いている姿は、少しも珍しくなかった。オートバイに女を乗せて騒ぎ回り、車のドアを外して、ビールを飲みながら突っ走っていても、いっさい咎《とが》めることはできない。

「ぼくは、高校三年のとき、家族部隊の基地でガーデンボーイのアルバイトをやったんです。貧乏だったし、英語を覚えたいと思いましたからね。そンとき、勤め先のハウスへ行く途中でも、アメリカの子どもたちにさんざんいたずらをされましたよ。インディアンの格好をした腕白小僧が、いきなり洋弓をかまえてぼくを射るんです。もちろん、本物の矢ですよ。針こそついてないけど、かなり痛い。一本や二本ではありません。連続攻撃です。ぼくがヨレヨレの学生服を着てるから、バカにするんですね。あんまり口惜しかったから、いっぺん〝コラッ!〟て追いかけてやった。そうしたら、すぐにMPが飛んできて、三時間くらいアブラを絞られました。なぜ、おまえは米軍の子どもに手を出すかと、カンカンに怒るんですよ。もうちょっとでクビにされるところでした」

基地内での給料は、最高が白人、つぎが黒人、フィリピン人、ヤマトの人。沖縄人は最低でした、と彼は唇をゆがめた。アメリカ兵の給料が十なら、沖縄人は一。本土からきた建築業者などは五の割合であった。

当時の琉球政府主席の給与が、アメリカ軍政府で働くタイピスト嬢のそれと同額だった、というのである。沖縄人の給料は、タバコ一ボール（十個入り）と同じだといわれた。

アメリカ軍の一兵卒が、ハウスメイド三名――子守り、料理、掃除洗たく――と、ガーデンボーイをらくに雇える待遇だったのである。

「沖縄の女の人も、暮しがあんまり貧しいから、少しでもいい給料がほしくてメイドになった。そして、アメリカ人に私生児を生まされ、やがて捨てられてしまう。けっきょくは、コザ（現・沖縄市）あたりの歓楽街へ落ちていったりしたんですよね」

彼が、最初に本土との格差を痛感したのは、高校の修学旅行のときだったという。

「身分証明書ちゅうのをもらって、白竜丸って船で東京へ行ったんです。三十一年ですよ。奄美《あまみ》大島へ寄ったとき、向こうの物売りが船に乗ってきた。ぼくらは軍票のB円しか持っていない。そこで初めて日本のおカネを見たんです。何か買いたくたって、両替えするまでは買えません。船員たちがアレコレ買ってるのが羨《うらや》ましかったなあ」

その後、彼は、復帰をねがう大焚火に参加し、海上集会にも出かけて行くようになったのである。

「あの方角にある与論島でも、同じようにかがり火を焚いているんです。ここから二〇キロメートルくらいあるかな。与論島と辺戸岬の中間、北緯二十七度線が境界です。そこから向こうは鹿児島県。与論も、敗戦直後はアメリカ軍政下にあったんですが、奄美《あまみ》大島と一緒に、ひと足先に返還されました。あれは、一九五三年十二月でしたかねえ」

彼は、いったん海を眺めてから、また話しつづけた。

「その夜は、ぼくらも、廃材や古い電柱なんかを井桁《いげた》に積み上げて、ドンドン燃やしながら気勢をあげました。そのあと、車で十分くらいの西海岸、宜名真《ぎなま》に集まって、朝五時ごろ舟を出すんです。沖縄は貧乏ですからね。本船だけは二〇〇トンくらいのまぐろ船ですが、ほかは一〇トンから二五トンのかつお船。そんなのを何十隻もそろえて繰り出すんです。ともかく、この海上集会で本土の人と握手できる、それだけでもうれしくてねえ。与論へ近づいたらびっくりしましたよ。あちらは、ちゃんとした服装をして、三〇〇〇トン級の汽船できてるんです。ぼくらは、米軍の兵隊服を着るのがやっとでしょう。ああ、本土はもうこんなに復興してるのか、とすっかり圧倒されましたよ。マイクロホンで、さかんに激励してくれてる。しまいには、興奮して向こうの小舟に乗り移ったりもしたけど、べつにお咎めはなかったですね。周りには、海上保安庁の巡視船や、ＮＨＫ、新聞社なんかの飛行機も旋回してる。取材だったたんでしょうかねえ、トンボ返りの曲芸飛行も見せてくれたですよ。二十七度線のあたりを、そうやってただグルグル回って帰ってきたんです。あのときの、せつないような感激は、これは忘れられませんね」

ふと気がつくと、大山さんの姿が消えていた。彼は、戦後に結核を患ったともいうし、いまも血色のよいほうではない。気分でもわるいのではないか、と心配になった。

立って崖っぷちをのぞいた私は、あ、と声を上げた。岩にへばりついている彼の革靴が、いまにもずるッと滑り落ちそうにみえた。眼の下は、切り立った黒い珊瑚礁《さんごしょう》の骸《むくろ》であった。

断崖は、七、八メートル、否、もっと高いかもしれぬ。私は、足元の岩肌につかまって彼を呼んだ。ザラザラと、掌が痛いほどの岩礁である。天候のせいか、海の藍《あい》はやや黒ずんでいた。太平洋と東シナ海とが交わる海であった。

大小無数の石仏を並べて立てた、とも思える突端の岩壁に、波がしらが白く泡立ってザブリ、ザブリとぶつかっている。そこには寸尺の砂浜もなかった。

「きつい風だ」

岬にカメラを向けていた大山さんは、あきらめたか、苦笑しながら引き返してきた。半白の髪が、数条、額に振りかかっていた。

川上さんと玉城さんは、固い土の上に足を投げ出して、去り難そうに海から眼を離さない。大山さんも並んだ。私も、見えない与論島の方角に浮かぶ雲を追って、三人のうしろに坐った。

——当時、新聞記者であった大山さんは、弾雨下を駆けずり回って戦意昂揚のための記事を書いたそうである。家族を北部へ疎開させ、単身、砲弾と飢えにさらされて敗戦を迎えた。

川上さんたちは戦闘を知らない。しかし、異民族の統治下で育った彼らは、貧乏と差別のなかで圧迫されつづけたのである。

私たちも、敗戦直前には〝本土決戦〟という言葉が日常語になっていた。新潟県の海辺にある小さな町へ疎開した私は、同じ年ごろの娘たちと、敵が上陸してきたら、もんぺの紐《ひも》をきつく締めて海へ入ろう、と申し合わせた。

敗戦後しばらくは、いったいどんな世の中になるのかと怯《おび》えた。私のいた町にさえ、軍需工場で労働を強いられたアメリカの俘虜がおおぜいいて、即日、立場が逆転した。東京へ戻ると、道を歩けばぶつかるほど、多くのアメリカ兵が進駐していた。

〈祖国〉とは、いったい何なのだろう、と、私は三人を前にしてあらためて考えるのであった。

もともと、アメリカ軍がこれほど徹底的に沖縄を叩き潰《つぶ》そうとしたのは、ここに、本土侵攻のための前進基地を築くのが目的であった。

すでに海上は完全に制圧され、戦力もなく、戦意さえ失っていた日本海軍に、海戦は不可能であった。アメリカ軍は、膨大な物量をせまい沖縄への地上攻略戦に振り向けた。

ところが、陸軍も、沖縄駐屯第三十二軍のうち、最精鋭といわれた第九師団一万三千余名を、十九年十一月に台湾へ進出させ、手薄になっていた。兵力の補充として、二十年一月から三月までに、満十七歳から四十五歳までの男子の現地調達を命じた。根こそぎ動員の、第二次防衛召集である。弾薬や食糧も、本土からの補給が跡絶えていた。

その中で、四月に、第三十二軍作戦参謀、八原大佐は「最後まで持久戦をつづけて、本土決戦のために時間をかせぐ方針だ」と言った。軍首脳部内で意見が対立したのである。

やがて、五月四日に決行された総攻撃は惨敗に終り、沖縄の長勇《ちょういさむ》参謀長から大本営への空軍出撃の要請も拒否された。

五月十一日、アメリカ軍が猛攻撃を開始、死力を尽くした日本軍は、ついに五月二十七日に首里を放棄して、軍司令部を南部へ移すことになった。パニック状態に陥った住民たちと兵士が入り混って南下し、地獄図絵を呈したのである。

沖縄を最後の死に場所とした海軍は、豊見城村《とみぐすくそん》の海軍壕とその周辺で、太田実《おおたみのる》司令官をはじめ、三千余名の将兵が自決した。二十年六月十三日であった。

後日、私は二度、その海軍壕を訪ねて、防衛隊や住民が掘った、壁のツルハシの跡を見た。土ではなくて、ニイビ、といわれる、固い岩盤なのである。元の壕よりせまくなっているというが、それでも延長二三〇メートルもの大きな地下壕であった。

壕内の壁に掲示されている、太田司令官から海軍次官にあてた電文の一部をここに抜粋してみる。

――県民ハ　青壮年ノ全部ヲ防衛召集ニ捧ゲ　残ル老幼婦女子ノミガ　相ツグ砲爆撃ニ家屋ト財産ノ全部ヲ焼却セラレ……

――風雨ニ曝サレツツ乏シキ生活ニ甘ンジアリタリ　而モ若キ婦人ハ率先軍ニ身ヲ捧ゲ看護炊事婦ハモトヨリ　砲弾運ビ　挺身斬込隊スラ申シ出ルモノアリ

――糧食六月一杯ヲ支フルノミナリト謂フ、沖縄県民斯ク戦ヘリ　県民ニ対シ　後

世特別ノ御高配ヲ賜ランコトヲ

私たちの〈国〉は、このようにして、十数万人の県民と約十万人の兵士の生命を犠牲にしたうえに、その沖縄を切り捨てることで生きのびたのである。単独講和を成立させた本土は、物心ともに荒廃はしたが、異民族支配の恐怖も杞憂《きゆう》に終り、やがて、異常ともいえる経済成長を遂げることになる。

東京オリンピックだの、神武景気だのと騒いでいたとき、沖縄の人はまだ占領国の無法な跳梁《ちょうりょう》を訴えるべき、自分の国を持たなかった。

三人三様の想いがあるのであろう。岬の台地に根をおろしたように、押し黙って海に向っていた。

大山さんは、膝がしらを両掌で抱えている。川上さんはがっしりと腕を組み、玉城さんは眼鏡をずり上げて、せまい額に手をかざしていた。

そのとき、ポツリ、と雨粒が頬《ほお》を打った。

あわてて車に戻ると、まもなくもの凄い豪雨になった。話に聞いている、南洋のスコールとはこういうものか、と思った。車は、ときに徐行したが、慣れているのか、雨をついて走った。

「この国道五十八号線はね、復帰まではハイウエーNO・1という、軍用道路だったんです。軍専用だから、歩道はありません。道は、そのまま飛行機の滑走路を兼ねていたってわけ。アメリカの車が通るときは、ぼくら民間はすべてストップです。生活道路ではないんですからね。当時、GMC、てよんでた、でッかい軍用トラックがライトをつけてだァーッと走るのに、うっかり紛《まぎ》れ込んだりしたら、それこそ大変ですよ。跳ね飛ばされたって文句なんか言えません。米軍のスクールバスだって、そりゃ目茶苦茶な走り方をしますからね。沖縄の子どもが轢《ひ》き殺されても何でもないけど、アメリカさんの子どもらは神さま扱いだ。情けないもんでしたよ」

運転者の川上さんは、雨の音に負けない大声を張り上げた。

「そうですねえ、復帰して、というより、海洋博のおかげで、道路だけはよくなりました。でもね、失業率は本土の三倍はあるし、所得は逆に七〇パーセントに達しない。一見派手にみえるけど、貯えがないんですよ。沖縄でいくら金持だといっても、本土の中小企業の社長級がせいぜいです。大企業は全部本土からきていますからね」

隣りで、大山さんが静かに言った。

「だいぶ小降りになったが、しばらく雨やどりしましょうや」

そこは、大山さんの本家の墓所だという。六十坪ほどもある、苔《こけ》むした広い敷地の周囲にぎっしりと大樹が繁っているので、うす暗いが、雨あしを遮ってくれた。奥に古い石室が見えた。亀甲墓《きっこうばか》である。

「あのじぶんも、毎日毎日、よくも降る、というほどの雨でした。戦場になった南部には、自然洞窟や壕も多かったが、全部ヤマトの兵隊に占領されましてねえ。女や年寄りは、こういう墓の中へ隠れたんですよ。厨子甕《ジーシガーミ》（骨壺）を出せば、何人も入れますからな」

ところが、アメリカ軍は、住民の避難した墓をトーチカと間違えて、砲撃の目標にしたそうである。沖縄の人は、祖先崇拝の念が厚い。せっかく入ったのに〝遺骨を荒しては後生《グソー》がわるい〟と飛び出して撃たれた人も多いという。

「雨が上がりましたなあ。いい機会だから、ちょっと寄り道しましょうか」

車は、走りだしたとおもうとすぐ、小ぢんまりとした白い建物の前で停まった。突き当りの土間に火が燃えていた。大釜の前に、きりりともんぺをはいた、小柄の中年婦人が見えた。大火箸《ひばし》で、長い布を釜から引き上げたり、浸したりしている。

芭蕉布《ばしょうふ》保存会の重要無形文化財の代表、平良《たいら》敏子さんであった。

左手の工房では、若い女性が、透明の、ほそいほそい芭蕉の繊維を一本ずつ結びつないでは、膝元の竹ざるにためていた。気の遠くなるような手作業である。一反分を紡《つむ》ぐのに一か月はかかるという。

一段低い床には、足踏み式の高機《たかはた》が数台。それぞれに工夫を凝《こ》らした絣《かすり》模様の布がかかっていた。約二週間で織り上げると、木灰汁に漬け、水洗いする。さらに白米の粉をどろどろにして発酵させた、ユナジとともに土間の大釜に入れ、何度も煮ては引き上げる。芭蕉布のユナジ洗たくである。

平良さんは、釜の下へ薪を足しながら「染料は、やはり天然の琉球藍《あい》とテカチ（車輪梅）ですよ」と静かに言った。

――尚寧王《しょうねいおう》の時代（一六一〇年のころ）に、薩摩《さつま》への年貢《ねんぐ》米のほかに、芭蕉布三千反、琉球上布六千反が租税として課せられた。女たちは、この涼しげな美しい布を、着るためでも、売るためでもなく、税として納めるべく、黙々と日夜作業に励んだといわれている。

十三世紀から沖縄に伝えられた独特の織物だが、戦争でいったん跡絶えてしまった。戦後、平良さんたちの努力により復興したが、現在、産地は喜如嘉にかぎられている。

ようやく陽が傾きはじめた。工房を辞した私たちは、大宜味村を過ぎ、名護へ向った。市街地へ入る前であった。大山さんが「ストップ、ストップ」と車を停めさせた。

見ると、すぐ脇に、際立ってあかい夕陽を全身に浴びた、体格のよい老婆が、いそぎ足で歩いていた。陽灼けした皺《しわ》ぶかい額に、三センチ幅くらいの、茶褐色の紐《ひも》を掛けている。背にあるのは、丸い、重そうな荷の入った竹カゴだった。急斜面を上り下りするのに都合のよい、昔からの運搬法なのだ、と彼は早口で説明した。それは、掛け紐までを含めて、ティルという。ぺっしゃんこのゴム草履《ぞうり》をはいていた。

「以前は、みんなハダシでしたがねえ」

と、大山さん。

荷が重いせいか、老婆は皺にたたみ込まれた眼にまで汗をしたたらせているようにみえた。擦れ違って振り返ると、大きな竹カゴが、落日の中をぐんぐん遠ざかっていった。

帰京の前に、私は大山さんと一緒に久茂地《くもじ》町の沖縄タイムス社を訪ね、もう一度だけ、同級生の名を書いて尋ね人欄の記事を頼んだ。

一週間後に、思いがけなくタイムス社から長距離電話が入った。学芸部長さんの声がひどく弾んでいた。

「勝連ハツさんは、本土におられたんですよ。横浜です。電話番号をお教えします」

私はただちにダイヤルを回した。もどかしくて、何度も指がつかえた。

「生きていたのねえ!!」

「あなたも――」

しばらくは、互いに絶句した。

「ともかく、すぐ会いに行くわ。あ、そうだ、あなたにお返しするものもあるのよ。卒業試験の前に借りた、ノート。覚えてる?」

私は、戦争中の疎開騒ぎで、卒業アルバムさえ失ってしまった。ノートを貸したことなど忘れきっていた。それにしても、どうして彼女がそんなものまで持っているのか、ふしぎだった。


私たちは、戦争をはさんで、四十年ぶりに会えたのである。話すことがありすぎて、ただ乱暴に肩をゆさぶり合うしかなかった。

ハツさんは、昔と変りなく、痩せて、顔も体も小さい。

「私はね、昭和十八年に本土へきてしまったのよ。親の反対を押しきった結婚だったから――。最初は鹿児島、そして仙台。主人の任地をあるいてるうちに、沖縄があいうことになってしまってねえ。父は、よくいのちが助かったと思うくらい、眼も片方駄目だし、全身傷だらけなの。太腿《ふともも》に刺さった破片がね、煙を出してジイジイ焦げてるのを、指でつまんで投げたそうよ。背中にも肩にも、肉をえぐり取られた傷がいくつも残ってるわ。逃げるったってあなた、あんなせまいところだから、どうしようもない。父が生きたのは、運がつよかっただけよ。母は、たった一発でやられたんですものねえ」

彼女は、四月に沖縄へ行ってきたばかりだと言った。

「父の八十八歳のお祝いとね、母のうわいすうこう（終り焼香・三十三回忌）をしてきたの。ことしは、沖縄ではどこの家でもこの法事で大変よ。戦争で、家族や親戚がみんな無事だった、なんて人はおそらくいないでしょうからね」

沖縄では、墓前の広場に一門が集まって賑やかに宴をひらくのだそうである。文字どおり、最後の焼香（法事）で、死者はそのときから神になって昇天し、子孫を守護する、といわれる。

「でもね、戦争で遺骨のとれなかった人は、うわいすうこうをしても魂がかえってこないっていうのよ。このあいだも、妹ンとこで会った社員の奥さんが、いまでも戦争の夢を見てうなされるって言ってたわ」

私は〈ありあけの里〉のカマドさんを思い浮かべていた。子らのうわいすうこうをしたであろうか。頬をゆがめて立ち去ったカマドさんに、私はもう一度会う勇気はなかった。しかし、どうしても忘れることができないのである。

宮崎県に疎開して難をのがれたという、ハツさんの妹は、二級下の同窓生だった。いまは首里に住んでいて、夫君は会社経営の由。

「その、社員の奥さんて、いくつくらいの人かしら？」

「さア、若く見えたけど、もう五十ちかいでしょうね」

私は、その人に会ってみたいと思った。本島南部の農村出身らしいと聞いて、一層心を惹《ひ》かれたのである。

第二章　ぬちどたから

「確かに、大変な目に遭《あ》った人なんだけれど、やっぱり、戦争の話はあまりしたくないって言うのよ」

長距離電話の向こうで、ハツさんの妹が気の毒そうに言った。

「でも、また折をみて話してみるわね」

三十数年経ってもうなされるほどつらい体験を、見ず知らずの本土の人間に語りたくないのは当然であろう。私は気長に待とうと思った。

東京では、昭和三十一年ごろから、もう戦後ではない、と言われはじめた。うっかり戦時中の話をすると、そっぽを向かれる場面さえあるのだった。

ところが、こんど沖縄へ行ってみて、そのへんがまるで違うのに気がついた。カマドさんをはじめ、沖縄戦に遭った人たちは、当時を思い出す、などという生易しいものではなくて、現在もまだ硝煙の臭《にお》いから抜け出せないでいる。戦後どころか、まだ戦争が終っていない感じがしたのである。

ハツさんきょうだいの骨折りで、ようやく、その人、上原ノブ子さんに会えることになったのは、同じ年の十一月であった。

私は、さっそく沖縄へ飛び、首里と那覇を結ぶ、坂の途中に宿をとった。ノブ子さんの家が、そこから近い、首里石嶺町《しゅりいしみねちょう》だったからである。

しかし、なぜか私が訪ねるのは都合がわるい様子で、宿へきてくれるという。

花柄のネッカチーフできりりと髪をつつんだノブ子さんは、眼の涼しい人だった。

「いまごろになって、ヤマトの人に戦争の話をしてみても仕方がない、と思って、ずいぶん考えたんですけどねえ。わたしの主人は宮古島の人だから、ほんとうの市街戦は知りません。分らないんですよ。これはもう、実際に遭った者でないと無理なんです。わたしが、戦争の夢を見てよくうなされるもんですからね、主人が、キミ、いつになったら忘れられるのかって可哀そうがりますけどね。生きているかぎり、あの恐ろしさはどこへも消えません。死ぬまで、わたしにとっての戦争は終らないんだ、とそう思っています」

ノブ子さんは、いま東京で聞く言葉よりも、ずっと折り目正しい標準語で話した。

「わたしも、いくらだって方言をしゃべりますよ。でもね、子どものときから、方言をつかってはいけない、という教育をされましたからね。学校にも町にも〝標準語励行〟なんて貼《は》り紙がしてあったし、方言札《ふだ》、というのがあったんですよ。学校でうっかりしゃべると、首に木札を掛けられるんです。誰か、友だちが方言つかわないかとねらってて、サッとその人に掛け替える、と、そんなふうでした」

昭和六年に、彼女は島尻郡大里村《しまじりぐんおおさとそん》の農家に生まれていた。

「うちは、キビ（砂糖キビ）と野菜を作っていたんですけどね、戦前はのんびりしてましたよ。わたしは、父が五十六歳のときの子どもですから、とっても可愛がられましてねえ。夕方、そこいらで遊んでいると、もっこ担いだ父が〝ノブ子よオッ〟て追っかけてくるんです。片一方にはいま穫った芋を入れて、もう片一方には芋の葉や蔓《つる》を敷いて、わたしに、乗れ、て言います。早く帰って、お八ツのジューシーメーを食べろってね。おじやのことですよ。馬もいました。背の低い、小《ち》っさい馬です。アレの曳く荷車に、こぼれるくらいキビを積んで、端っこにちょこんとわたしが乗る。家に着くまで、父が何かかんか話しかけてくるんです。夕陽が眩《まぶ》しいしね、年とってる父を友だちに見られるのが恥ずかしいような、そんな気持もあって、ハダシの足をわざとブランブランさせたりね。動物は、山羊《やぎ》も、豚もいましたよ」

昭和十九年八月。ノブ子さんの言う、ヤマトの兵隊が、大里村稲嶺《いなみね》部落の小学校におおぜい駐屯した。

彼女は十三歳。身長はほぼおとなと変らないが、瘦《や》せて、ひょろりとした少女であった。六年生といっても、すでに学校の授業はできなくなっていた。

部落には、早くに本土や国頭《くにがみ》（沖縄本島北部）へ疎開した家もあった。兵隊たちは、そういう空き家へも入った。純農村が、緊迫した戦時下に多くの兵士を迎えて、急に賑やかになったのである。

部落の東端にある小高い斜面が〝鏡が丘〟と名付けられた。人びとは、何事も〈兵隊さん〉の言うままに素直に従った。沖縄を守ってくれる兵隊なのだ。ご苦労さま、ありがとうございます、と、道をゆずり、頭を下げた。

召集や徴用で男手が不足している家々に、兵隊はたのもしい存在でもあった。

「ご馳走を作ったら、かならず兵隊さんにも持って行きましたよ。そのころは、いまの公民館のあたりが池でした。わたしら子どももみんなで、よく芋洗いをしたもんですよ。大きなザルを頭に乗せてくる小母さんもいます。横っ抱えにして、ゆっくりとやってくるおばあさんもいる。芋を、ザルごと水の中でゆすって足でゴシゴシ洗うんです。どうせ、足はいつもハダシですからね。それを、通りかかった兵隊が、足で洗った芋を煮て食べるんか、て呆《あき》れて見てましたよ。わたしらの家へ遊びにきたときは、知らないでおいしいおいしいって食べてるんですけどねえ」

兵たちは、食物をねだりはしなかった。しかし、食べさせれば、よろこんでペロリと平げた。

「シンメーナービ、て、こんな大きな鍋《なべ》にお豆腐を煮て、一人の兵隊にご馳走したら、隊に戻って話すんでしょうかねえ、すぐに二人も三人もきましたよ。わたしたちの分がなくなるくらいでした。いま思うと、軍隊もそろそろ食糧が欠乏していたのかもしれませんねえ」

兵隊と一般住民とが、入り混っての生活だったのである。村の娘や妻たちは、兵舎に当てられている小学校へ行って、米搗《つ》きや炊事、水汲みを手伝った。

そのころすでに、ノブ子さんの長兄は中支、次兄は満洲へ召集されていた。十九年の秋には、村の男たちのほとんどが防衛隊にとられてしまった。

十九年十月十日、那覇市が大空襲をうけて潰滅した。稲嶺でも、鏡が丘に兵隊のための壕をつくるべく、村の女たちは土運びを命じられた。

「十三や十四の女の子にも、勤労奉仕にこいというんです。わたしの父が、この子は体は大きくてもまだトシがいってないから、こらえて下さい、となんべんも頼んだんですけど承知しませんでした。軍の命令だと言うんです。しまいには、お国のために働かないのは非国民だ、スパイだッ！　と怒鳴られました。わたしはガタガタふるえながら、芋小《ぐわ》（ぐゎは、方言でよく使われる接尾語）の弁当を持って行きました」

臼《うす》に玄米を入れて、杵《きね》で搗く作業はむずかしかった。コツも分らないし、力も足りなかったのである。

壕掘りの手伝いはもっとつらかった。ミースぐゎ、という、ザルに似た器に、掘り起こした土を山盛りにして〝ホイッ〟と弾みをつけて担がせるのだ。彼女は、ザルごと転がって泥まみれになった。

「兵隊さんは、自分の力と、子どもの力との違いが分らなかったみたいですよ。こらーッて怒鳴られても、重たくって、どうにもこうにも持ちこたえられないんです。あの、ホラ、戦闘帽のうしろにヒラヒラのついたのをかぶってる兵隊さんがね、わたしが転がってても知らんぷりして歌をうたってましたよ。スコップやツルハシを使いながら歌うんです。ふしは、沖縄へきてから覚えたんでしょうかねえ、アサドヤユンタでした。でも、歌詞は全部替え歌ですよ」

彼女は、小学校で級長をしていた。責任感のつよい子であった。非国民、などと言われないために、歯をくいしばって土を担いだ。

「そのときの歌ですか？　きまりがわるいようなのばかりですよ。嫌だなア。ま、こんなのもありました。サァ、石になりたや、風呂場の石に、何とかを舐《な》めたり、ヤレホニ眺めたり――なんてね」

ヤマトの兵隊を、怖《こわ》い、とは思った。しかし、沖縄をしっかり守ってもらわねばならぬ。ノブ子さんの家でも、芋カズラ（芋蔓《いもづる》）入りの雑炊を常食にして、兵舎へは、大事な豚をつぶしたご馳走を運ぶのだった。

連日の勤労奉仕に馴れて、つらいとも思わなくなったある日、いつも一緒に帰る隣家の同級生が、なかなか壕の入り口へ現われなかった。

「やっと姿が見えたと思ったら、うしろから兵隊さんが追っかけてきたんです。ベロを出しなさい、ベロを出しなさいって言ってます。舌、と言えば、学校で習ってるから分りますけどね。ベロって、何のことだか分らないんですよ。その子は、わたしの前でぎゅッと抱えられてしまった。いまおもえば、キスされたんですよね、ホホ……。わたしは怖くなって走って帰りました。バリッとした軍服の兵隊さんでしたよ。わたしも知ってる人です。名前はもう忘れましたけど、こうして眼をつぶれば、ちゃんとその人の顔が浮かびます」

部落にあった兵隊の慰安所を、彼女はそれまで、ただふしぎな建物として眺めていた。小部屋がいくつもある。急拵《きゅうごしら》えの奇妙な家だった。兵隊が、足踏みをする格好で、炎天下に並んでいる光景も見た。

しかし、ベロの一件以来、彼女は何となくその慰安所の前を、眼をそむけて通るようになった。誰に教えられたのでもなく、彼女のなかに微妙な変化が起きていたのである。

年末に、三番目の兄が徴用された。十七歳だった。久米《くめ》島へ、飛行場をつくりに行くのだという。役場からは、兄の友だちにも同じ令状がきた。ところが、友だちの父親がカネで身代りを雇った。理由は、病弱、ということであったが、金持なのだ。

兄と、友だちの身代りとは、二か月目に那覇へ転属になった。そして、彼らの乗った船は、港へ入る直前に魚雷に沈められた。

「血圧の高い父には、兄がやられたことを内緒にしておいたんです。おかしいな、まだ着かんか、言うてね。兵隊の壕のある丘へ行っては、北のほうを眺めていました。兵隊に叱られても、またあしたもこっそり出かけて行くんですよ」

父は、しだいに無口になっていった。夕食の膳《ぜん》では、母も、中支へ出征している長兄の妻も、俯《うつむ》いたまま粥《かゆ》をすすっていた。

「兄嫁は妊娠していましたからね。勤労奉仕は出なくてすんだけど、大きなおなかして父や母と畑やってましたよ。増産、増産ですからね。兵隊は、ふた口目にはすぐ〝軍民一致だ〟て言うんです。でも、非常時だから、それが当りまえだと思っていましたからね。いいえ、いまでこそ、こうやって当時の気持をいろいろ考えたりしますけど、実際はもう、つらいも苦しいもなくなっていたんです。何しろ、学校が兵舎になってるんですからね。おとなに負けないで、お国のために働こう、と、ただそれだけを思いつめていました。教育の力っていうか、子どもながらに、忠義一本に凝《こ》り固まっていたんですよ」

ノブ子さんは、水色で縁取りしたガーゼのハンカチを口に当てて、切れ長の眼を窓外へ移した。

私の宿の小さな部屋には、彼女の腰かけている長椅子と、粗末なベッドしかなかった。四階なので、眼下に、バスや車の流れがよく見えた。すぐ前にある、白い建物の医院の左手には、那覇の市街がひろがっていた。

しかし、彼女の視線は、あてどなく漂っているのだ。言葉を跡切らせたまま、何度も、かるく首を横に振った。自分に、嫌だ、嫌だと言っているようだった。

　台風の季節は過ぎたはずなのに、医院の前庭にある樹々の枝が大きく揺れていた。気温は、東京の九月初旬くらいであろうか。曇り日の午後にしては、肌がベトベトするほど湿度が高かった。

「ここのところにねえ」

　と、彼女は、長椅子の端にいる私に左腿《もも》を指して〝破片がもぐっているんですよ〟と言った。

「こうして、わたしがいま生きてることが、ウソみたいなんです。もう、三十年以上も経っていますでしょう。それなのに、ほんとに戦争はすんだのかねえ、と思ったりして——」

　夢の中で、彼女はかならず何かに追われているという。それが何かは、判然としない。火を噴く、巨大な塊《かたまり》であったり、耳にねじ込まれるような、人の断末魔の呻《うめ》き声であったりする。

「べつに、昼間に戦争の話をしたとか、そういうことではなくて、ほんとに何でもなく、ふつうに眠りついてですよ。潜在意識っていうんでしょうかねえ」

それから三日目に、ノブ子さんは宿へ私を迎えにきた。昼食を用意したから、というのである。

バスをおりて、右手のゆるい坂道を歩きながら、彼女は道端からひょいと草を摘み取っては口へ当てた。

「この葉っぱ、分りますか?」

小さな、丸い葉である。

「つわぶきです。戦争のとき、よく採って食べましたよ」

首里石嶺町のそのあたりは、一般の住宅より、金網や高いブロック塀に囲まれた、施設らしい建物のほうが多かった。

塀囲いはものものしいが、中は全体に白い土を掘り返してあるだけの所もあった。人通りはほとんどない。

やがて、左折した小路の先の、〈石敢当《いしがんとう》〉という文字を柱の裾《すそ》に彫った門を入った。沖縄では、丁字路の突き当りにある家を嫌って、魔除けにその三文字を彫る。中国の、豪傑の名だとか。いつか、物置きか、と思うような家の入り口に、墨でそれを書いた、古いベニヤ板の札を見たこともあった。

門の外に、ハイビスカスがひと群れ咲いていた。東京の温室咲きよりも花が少し小さくて、紅一色であった。その手前に、ガジュマルの大樹が、無数の長いヒゲを垂らしている。それくらいが沖縄らしい風景で、家は東京近郊と変らない。

「あの、ガジュマルのヒゲをね、父なんか、マッチの代りに使ったものですよ。乾かして、丸く輪にした端に火をつけておくと、畑にいるあいだじゅう、それでタバコが吸えるんです」

綺麗《きれい》に片付けられた応接間のテーブルに、よもぎ粥《がゆ》、揚げもの、手のこんだサラダなどが並んでいた。壁には、南国の、人の腕ほどもある大えびの剝製や、貝細工《ざいく》の亀が飾られている。

「くる途中に、有刺鉄線をめぐらした大きな建物があったでしょう。あれは精神病院なんですよ。沖縄は、そういう病人が全国一多いんです。みんな、戦争で狂った人ですよ。もう年とってるけど、一生治らないんですね」

入院はしていないが、すぐ近所の粗末な家にも、老患者が住んでいるという。戦前は小学校長だった人である。彼は、いまでも飛行機の爆音を聞くと、ところかまわず物蔭に身を伏せてふるえるそうである。老妻が付き添って散歩しているときに、いきなり着物の前をはだけ、血まなこで逃げまどうさまを見かけたことがある、と彼女は声をひそめた。この夫妻の一人息子は、鉄血勤皇隊で戦死していた。

「七十歳をすぎた、上品なおじいさんですよ。戦争中に、天皇のご真影を抱いて壕へ走ったとき、トンボ（アメリカ軍偵察機）に機銃で追っかけられたんだそうです。タマは、肩をかすっただけで、たいした怪我ではなかったけど、校長先生、そのときからアタマがおかしくなってしまった。このごろは、足もヨボヨボで、爆音が聞えると、伏せするより先に転んでしまうようですよ」

庭に面した応接間のガラス戸に、太陽がギラギラと反射していた。妙に静かなひとときであった。

このあたり、昔、王府のあった首里に近い町にしては、まだほうぼうに土埃の立つ空き地が目立った。住宅も施設も、すべて白っぽい壁の、新しい建築である。市街の喧騒は届かないが、かといって、けっして鄙《ひな》びた光景ではなかった。いたるところ、泥と、雑草と、整備されていない曲りくねった道路。どこかに血のにおいが漂うような、ある種の妖気を感じさせた。

——石嶺町は、首里城を西南にひかえた、丘陵地帯であった。昭和二十年、首里には第三十二軍軍司令部がおかれていた。

五月十三日、浦添沢岻《うらそえたくし》が陥ち、首里大名《おおな》町の台地が占領され、さらに進撃したアメリカ軍を、わが守備軍は石嶺町で迎え撃った。互いにあらゆる火器を使っての死闘で、多くの戦死者を出し、道も丘も砲弾で形が変ってしまった。そして、五月二十日、ついに首里攻防戦に敗れたのである。

「ほんとに、このへんの土も、どれだけ人間の血を吸っているか分りませんよねえ」

彼女のいた南部、大里村も、二十年四月からは空襲が激しくなり、艦砲もどんどん撃ち込まれるようになっていた。

「わたしはあのとき、まだ十四歳ですからね。いっそ、何の分別もない子どもだったから、狂いもしないで、ただおろおろと、おとなや友軍に言われるとおりに動いていたんでしょうね」

あれは、四月五日だったと思いますよオ、と、ノブ子さんはテーブルの上にかるく頬杖をついた。

「あんまり激しくて、いつ直撃弾でやられるか分らなくなってきたんで、家を出たんです。あの鏡が丘には、わたしも勤労奉仕をした丈夫な壕がありますけどね。民間は絶対に入れてもらえません。仕方がないから、近くの排水溝へ入ったんですよ。幅一メートル、人ひとりがやっとくぐれるくらいの溝です。奥行きは、道路の向こうまでありますからね、六家族、二十六人が入りました。頭はつかえるし、きつくて体は伸ばせない。中腰のまンまです。あれはつらいですよ。顔と足も洗えないからドロドロでしょう。じきにシラミがつきました。それでも、まだ家がやられてなかったから、タマのこない、アメリカさんの夕食時間をねらって、家へ物を取りに行きました。あそこに入って十日目くらいでしたね、油味噌を取ってこようと思って溝を出たら、家がないんです。溝からすぐだったのに、それこそ、ほんとにどこが何やら、跡形なしなんです。勢いつけて走ろうとした足の遣り場がなくて、ポカンとしたんですから――。薄闇の中を、山羊や豚があちこちに死んで転がっていました。そうだ、焼け跡に、馬が一頭だけ走ってましたよ。うちの馬でない。もっと大きいやつが、何もつけないで、ただ、ぐるぐる走っているんです。もう、何て言ったらいいか、すぐ排水溝へ飛び込んで〝おうちがないよオ!〟て母にしがみつきました」

アメリカ軍は、飛行機からガソリンをまいて民家を焼き払う、という噂《うわさ》が流れていた。それにちがいない、と溝の中の人びとはささやき合った。

かるい関節炎を患っていた彼女の父は、そのころから病状が悪化した。焼け跡を確かめたいのか、溝から出ようと焦っているのを母がとめた。その母も頭痛持ちである。長兄の妻は、生後二十日の赤ん坊をかかえていた。

溝の中には、脇腹に破片を受けた老女が呻いていている。家族が、傷口に豚脂を塗り、塩をまぶし込むだけの治療をしていた。それを一日でも怠ると、たちまちウジがわいた。老女が痛がって泣くと、アメリカーに聞える、とあちこちから険しい声が飛んだ。怪我人は、暗く窮屈な溝の奥で声を殺していた。

あとから溝に入ったノブ子さん一家は、東の端にいた。怪我人はもとより、排水溝の中では便の始末ができなかった。奥にいる人のは、袋やバケツに入れて、リレー式に送った。最後に彼女が受け取って、素早く外の芒《すすき》の中へ捨ててくる。無言の、ごく敏捷な作業であった。

「兄嫁の生んだ子は、男だったんです。一番上の兄は中支へ出征してたでしょう。沖縄では、あと継ぎの男の子をものすごく大事にするんですよ。とくに、戦地へ行って、生きて帰れるかどうか分らない人の子どもですからね。家が絶えたらご先祖に申しわけが立たない。いえ、そんなことは絶対にできません。だから母は、その子のおむつをわたしに洗わせたんですよ。井戸、というか、泉《カー》は、溝を出たところにあるんですけどね。タマがボンボンきてる。アメリカ兵だっていつくるか分らない。そこへ行けっていいつけるんです。怖《こわ》いからイヤだって泣きましたよ。兄嫁の子だもの、生んだ人が洗えばいいじゃないか。兄嫁ばっかり大事にして、じつの娘のわたしは死んでもいいのかって反抗しました。そしたら母がね、もし兄嫁がやられたら、おまえが赤ん坊を育てるか、乳がやれるかってそう言うんです。十四やそこいらの子どもにですよ。それくらい、あと継ぎは特別扱いされるんです」

沖縄は男系家族なのだ。妻が男子を生まない場合は、貧富にかかわりなく、第二夫人を持つことが認められた。家系を絶やさないためには、どんな非常手段を講じても男子を求めたのである。女は、嫁して男児を生めば、若くて夫に死別しても婚家にとどまるのが常識であった。再婚は不可能にちかい。万一、再婚したとしても、死ねば、元の婚家の人として葬られるという。

ノブ子さんはしかし、母の命令が納得できなかった。恨めしかった。

「アメリカーに見つかれば、一発でおしまいですからね。うす暗くなってから、あたりを見回し、見回し、泉へ行くんです。どんな格好しておむつを洗いましたかねえ。どこからタマがくるか分らない。息イ、ハアハアしながら洗って溝へ飛び込むんです。おむつは干したりできません。固く絞って、兄嫁がじかに脇腹に当てて体温で乾かした。ともかく、兄嫁は排水溝へ入ったきりでしたよ。それでも、爆弾の音がするたびに、赤ん坊が眼を吊り上げてびっくりするもんですからね。この子、アタマが駄目になるんじゃないかねえって、おろおろしてました。壕とちがって、深くないから、ショックは防げても、音はまる聞えだったんです」

排水溝の上は、かなり広い道路であった。友軍が、列を乱して走り抜ける姿も見えた。雨の中を、てんでに竹槍を持った女学生らしい一群が、足早に北へ向って行くのも見た。

ノブ子さんは眠れなかった。夜半に、胃がぐウと鳴った。疲れてまどろみかけるが、頭上を通る人の足音でハッと目がさめた。

その、せまい排水溝へ、ある未明、さらに一家族が入らせてほしいと頼みにきた。親しい近隣である。

「イバサヌ、ナー、イジチンナランサー（もう、せまくて、動くこともできんさ）」

首を突き出した彼女の父が、押し殺した声でつよい言い方をした。これ以上、人を入れるわけにはゆかぬ、とにべもなく拒絶したのである。一行は、老婆、子をおぶった中年女、若い娘、幼い子ら、総勢七人もいた。とうてい、無理な人数であった。話をしているあいだにも、遠くで、ドーン、ドーン、と爆弾の落ちる音がしていた。七人は、おののいて溝の入り口に頭を寄せ合ったが、やがて、無言でどこかへ去っていった。

身軽に動き回るノブ子さんは、家族ばかりでなく、溝の中の人みんなに頼られていた。だが、艦砲射撃がやむと、鏡が丘の壕から兵隊が走ってきた。米を搗きにこい、というのである。父が這いずっていって〝これはまだ子どもだし、ほかに泉《カー》へ行ける者がおらんから、どうか容赦ねがいます〟と平身低頭した。

〝いま、国がどうなっているか、貴様らには分らんのかッ！　兵隊の命令をきかないヤツは国賊だ〟

「ハイッて飛んで行きました。それ以上ぐずぐずしていたら、スパイだって殺されますからね。もう、絶対服従なんです。負けいくさで、ヤマトの兵隊は精神がふつうでないわけですよね。そんなふうにして連れていったらどんどん働かせるかっていうと、そうばっかりでもない。どうせ、じきにみんな死ぬんだから、と言ってですね、ニヤニヤして男と女のことをしゃべる。わたしら子どもにも教えてやる、と言うんです。四月から先は、もはや軍隊の規律なんかなかったと思いますよ。そういう、ちゃんとした気構えのある兵隊は少なかったですものね。米搗きをやるのは兵隊の壕の中です。臼《うす》も杵《きね》も持ち込んであるから、入りっぱなしです。そりゃ、タマがこないから、いのちは安全ですよ。排水溝とちがって、頭の上も突っかえないで、広々としていますしね」

羨《うらや》しい、別天地であった。

「ひとりだけ、ずっとその友軍の壕に住んで手伝ってる友だちがいました。お父さんは防衛隊、おばあさんとお母さんが三月に空襲で死んで、孤児になってたんです。わたしと同い年。そこにいれば、米も味噌も心配ないし、艦砲も怖くない。無理もないと思いますよ。でも、その代り、兵隊に何もかも許すのでなければいられないんです。わたしは、父が排水溝へ帰る時間をきびしく言いましたからね」

うしろから怒鳴られても、夕方には壕を飛び出して走ったという。

「兵隊には、住民の事情がよく分ってるわけですよ。家をやられて、小さな手掘りの壕や溝なんかに住んでる女の子たちが、何をほしがっているかがね。たとえば、チリ紙とか、油とか——。友軍の壕には、そういう品物がどっさりあるんです。まだ十四歳だったその友だちも、ひとりぽっちで淋しいし、ずるずると引きずり込まれていったんでしょうね。そうして、けっきょくは無理におとなにさせられたんだと思います。友軍の壕は、ほかにも部落に三つもありましたし、近くの、焼け残ったサーターヤー（製糖工場）へでも連れ込まれたら、叫んだってどこへも聞えません。そのころの友軍は、まだちゃんと軍服をつけていましたからね。相手がヤマトの兵隊さんでは、最初は何も分らずに信用するのはあたりまえですよ」

信じたくなかった。だがそれは、少しも珍しい話ではない、と彼女は言う。

「まあ、はっきり言ってしまえば、敗戦までは日本の兵隊にいいようにされて、敗けたらこんどはアメリカ兵のおもちゃになる。そういう沖縄の女がどれほどいたか分らないってことです。ほんとに、恥ずかしくて話しもできない事実を、たくさん、見たり聞いたりしていますからね。女は、戦争中も戦後も、想像もつかないような、いろんな経験をさせられているんだけど、言わない。というより、言えないんです。自分が恥をさらすだけじゃすまない。せっかく築いてきた平和な家庭を、そのために壊してしまう場合だってありますからねえ」

沖縄を守ってやるのだ、と威張り散らして勤労奉仕を強いた日本兵が、一方で無垢《むく》の少女を犯していたというのである。

排水溝と兵隊の壕とを往復して、目まぐるしく働いたノブ子さんは、多くの、見てはならぬものを見てしまった。醜い衝撃が、幼い心を占めていた兵隊への感謝を、短時日にゆがめていった。そして、彼女は否応なく末期症状の戦場へ放り出されたのである。

六月二日か、あるいは三日になっていたか、とノブ子さんの記憶は不確かであった。アメリカ兵が、部落周辺の掃討戦を開始したのである。排水溝の前後に艦砲が何発も落ちた。土砂で溝の入り口がふさがれた。身動きもできないで中にいるのは、老人や子どもばかりである。スコップも木っきれもなかった。彼女は、体ごとぶつけて、死にもの狂いで両手をスコップ代りにした。土が熱かった。やっと空気の抜ける穴を掘ると、またドカンときて土が崩れた。

奥にいた老爺が〝馬乗りされたら全滅だよオ！〟と言った。壕の中に人がいると知れて、その上を敵兵に陣取られるのを〈馬乗り〉という。絶体絶命である。

夜を待って、全員が排水溝を出ることになった。怪我をしている老婆は、初老の嫁が背負うという。土砂を掻き分け、掻き分け、一人ずつ溝を抜け出た。しかし、行く当てがあるわけではない。運にまかせた、弾雨下の野ざらしなのだ。

外は豪雨であった。闇の中を、ズブ濡れで道へ這い上がった。互いの声も雨に消された。さいわい、タマはこなかった。ひと固まりずつの人が、そこで散りぢりになったのである。

ノブ子さんたちは、肩をつかみ合って、かろうじて父を先頭にした。彼の足は遅かったが「アッケー（歩け）」と家長らしく方角を示した。

道には、激しい雨の中を、蟻《あり》地獄さながらの避難民がうごめいていた。南下するよりない。もっと下がれば、ガマ（自然洞窟）があるはずだった。誰もが、そう思って焦っているのにちがいなかった。

「わたしは、よろける父をつかまえて怒鳴っていました。早う歩かんとタマがくるよオ！　て。父は足が痛いんです。分っているけど、怖くてがまんできない。兄嫁は、赤ん坊に雨が当らんように着物かぶせて、一生けんめいついてきます。アンマー（母）も、滑って転びそうになってはわたしにつかまる。わたし一人なら走れるのに、と、ふッと鬼みたいなことを考えましたよオ」

しまいには、父の背中を邪険に押して進んだりねえ、と彼女は前髪に指を入れて掻きむしった。吊り気味の眼尻が濡れていた。

私は、なすすべもなく、そんな彼女を見守った。ガラス戸への陽光だけが、燦々《さんさん》と、眩《まぶ》しかった。

「雨は、排水溝を出たときより静かになっていました。闇夜でも、眼が馴れてくるといろんなものが見えるんですよ。頭に荷物を乗せてる人もいるし、子どもをおぶって、顎《あご》を突き出しながら、わたしを押しどけていった女の人もいた。怪我人でしょうかねえ、人間を米俵みたいに担いで走るのも見ました」

十歳くらいの少年が、赤ん坊を背負ってくるのにぶつかった。遠くに、照明弾がゆっくり落ちていった。赤ん坊の首が、ダラリと垂れ下がっているのが分った。アンマー！　アンマー！　と、少年は泣きながら歩いていた。死児の顔に、雨がしぶいて跳ねた。あ、と思うまに人混みに紛れて見えなくなった。

「あれは、東風平《こちんだ》から富盛《ともり》へ向かう途中だったと思います。そろそろ夜が明けてきました。そこでねえ、偶然、稲嶺にいた、顔見知りの兵隊さんに会ったんです。沖縄は、こんなふうにせまいんですよね。うちの部落からは、そうですねえ、五、六キロも離れているでしょうか。タマがくるかってヒヤヒヤしながら、人に揉まれて歩いているから、遠いように感じますけどね」

足弱の父が、身をよじって難渋しているのを見た兵隊が、そこの部落にまだ残っていた民家を教えてくれた。

「最初、わたしはその兵隊さんを見まちがえたんですよ。稲嶺にいたときは、ほんとに立派な曹長さんでしたからね。それが、いく日でもないのに、まるっきり別人みたいなおじいさんになっていました。戦争って、恐ろしいですねえ」

そこは、床《ゆか》の高い、萱葺《かやぶ》きの大きな家であった。太い、ヒンプンガジュマル（家屋の前隠しに植えられたガジュマルの樹）が、砲弾で真二つに裂けていた。

十八、九歳に見える娘と、その父親らしい人がいた。ところが、意外にも、提供されたのは、家ではなかった。壕であった。父親が、せっかく掘った壕を嫌うのだそうである。

「ありがたかったですよオ。夢でないか、と思ったくらいでした。父は、安心して痛い足を伸ばせるし、赤ん坊にも乳がやれる。一日一回は、わたしか、母が、母屋の台所を借りて、煙を出さないように、草でも何でも入れたおじやを炊きました」

数日後の夕方であった。ノブ子さんは、熱い鍋《なべ》を持って、汁をこぼさないように壕へいそいでいた。メエーッと山羊の声がした。前庭に、残照が射し込んでいた。ふと、戦争を忘れさせるような風景であった。

母屋の曲り角に人影が見えた。思わず足をとめると、影は、そこの軒下で、ガクン、と突ンのめっていた。この家の主人だった。

「壁が、少し崩れていました。何しろ、しょっちゅう、あちこちでドカンドカン音がしてますからね。いま、そこがやられたのが分らなかったんですよ。血が、ポトポト、いっぱい土にしみていました。機銃掃射かもしれない。もうちょっと早く台所から出てきたら、わたしもやられてたでしょうね。ほんの、ひと足ちがいで助かったんです」

しかし、そのときは、いま考えるほど仰天しなかった、と言うのである。人が目の前で死ぬ姿は何度も見ている。同情したり、おどろいたりはしなくなっていた。ああ、この人も死んだ。つぎは自分かもしれないな、と、まずそう思うのだった。

「わたしと一緒に台所にいた、その家のお姉さんが出てきて、ああッ、とのけぞりました。お父さんを呼びにきたんでしょうね。わたしはもう、怖くて何も言えなかった。お姉さんもそれきり声を立てない。お父さんの肩を二、三度ゆすぶって、死んでるのを確かめてから、背中に、こう、担いでね。タッタッ、と怒ったように家の裏へ回って行きました。わたしは、黙って、そこまで見て壕へ走って戻ったんです。つぎのマがいつくるか分らない。どうしようもないじゃないですか。あのお姉さん、裏の畑へでもお父さんを埋めたんでしょうかねえ」

やがて、娘は蒼白な顔で壕へやってきた。ノブ子さん一家を見るなり〝お父《とう》と一緒に死にたかった〟と泣きくずれたという。

翌日、娘は壕に住むための品を取りに家へ行った。昏《くら》くなりはじめていた。凄じい轟音とともに、その萱葺きの母屋へ艦砲が落ちた。直撃であった。

壕の入り口も土塊でふさがった。衝撃で落盤したらしく、窒息寸前になった。

「夢中で掘りましたよ。父なんか、土からやっと膝を引き抜いたんです。油をともしてた灯りも消えるし、赤ん坊なんかダメかと思ったけど、徳があったというかねえ。みんな無事に這い出しました」

思わず空を見た。トンボはいない。壕から一〇メートルほど先にある山羊小舎の前を、母屋の娘がよろよろとこっちへ向ってきた。みるみる前かがみになり、数歩あるいて俯《うつぶ》せに倒れた。

「お姉さんの背中から血が噴き出していました。あ、やられたね、と思ったけど、ものなんて言えません。わたしらは、顔を見合わせて、さア、もうこんな所にいたら大変だ、と、大あわてで逃げ出したんです」

瀕死《ひんし》の怪我人に、声もかけずに去ったのである。彼女は、やりきれない、という表情で私を見た。

テーブルに、よもぎ雑炊が冷えていた。すっかり食欲をなくした私は、体じゅうに針を刺されたような痛みを感じていた。

これが、三十数年前の思い出話であろうか、と私は瞼をきつく閉じた。追憶をたどる、という話し方ではなかった。ノブ子さんが抑えようとしても、言葉のほうが束《たば》になって飛び出してきてしまう。そんな状態であった。

「こういう、平和なときには、とても考えられない有様なんです。人間は、どんなことをしてでも、最後まで生きようとするものですからね。何といったって、自分ほどかわいいものはないんです。本能、というか。それが本心なんですよ。生きるか死ぬかのギリギリになったら、けっしてきれいごとは通りません」

　その壕を出てからのノブ子さん一家は、もはや、どこを歩いているとも知れず、行き当りばったりに足を休めた。樹の蔭にひと息つき、フラフラと出て、また半壊の家に身を寄せた。

「誰もいない、小さな壕を見つけたときですよ。タコ壺《つぼ》っていうか、手掘りの壕でした。機関銃でも撃ち込まれて、全滅したのかもしれません。ただ、ものすごく臭かったのは、いまでも覚えています。屍臭、というか、むせて、呼吸《いき》ができないくらいでした。壁際に、何かがへばりついている。暗くてよく分らないけど、死体だったと思いますよ。わたしらは、目の前にあった乾パンに飛びつきました。おなかがペコペコなんです。汚ないも、臭いもない、取り勝ちですよ。気がついたら、頭の上を、人がざわざわ通って行くんです。もう、そうなったらじッとしていられない。足が痛いはずの父が、まっ先に立って〝アッケー（歩け）！〟と言うんです」

　ヨモギの葉裏は、夜目にも白く見えた。ノブ子さんは、歩きながら素早く千切ってはそのまま噛んだ。青汁が、心地よくのどを湿らせた。

　道端に、赤ん坊が元気に泣いていた。見ると、その子を背負った母親は、地面に頭をめり込ませて倒れていた。

「死体の乳に吸いついてる赤ん坊も見ました。それだって、アイヤー！　とか、アキサミヨー！　とかって、チラッと見るだけ。触りもしない。足もとめません。自分の家族とだってはぐれそうなんですからね。眼玉飛び出すほどにしてついて行ったり、逆に、父をぐいッと引っ張ったりします。疲れきってるけど、足が動くから、無意識で歩いてる。父はときどき唸《うな》ってました。いのちと引き換えだから歩けたんだと思いますよ。父ばっかりではない。物蔭でも塀の欠けたんでもあれば、誰からともなくのたれ込んで、一時しのぎをしました」

夜明けちかくなどに、敵機が突然低空飛行で近づくことがあった。やにわに走って撃たれた人を、彼女は何度も見た。正確なねらい撃ちなのである。

微動もせず、その場にじッと立っているほうがむしろ安全だ、ということを経験で覚えた。とっさに、木か棒杭《ぼうぐい》に化けるのだ。いくらタマ馴れしたといっても、敵機の爆音の下に全身を晒《さら》して立つのは恐ろしかった。ふるえまい、として歯をくいしばり「いっそ、一発で殺してほしい」と思った。

十四歳の少女が、生きる希望を失っているのだった。ここで死ぬか、いや、あそこで死ねるか、手足の千切れる怪我だけは嫌だ、と這いずるように歩いていた。

朝になると、道に溢れていた避難民たちがたちまち影をひそめてしまう。かならず、艦砲射撃が激しくなり、トンボがうなりはじめるのである。

富盛《ともり》は過ぎていたはずですよ、だけど、まだ高良《たから》までは行っていない、とノブ子さんは言う。

そこに、壕らしい入り口があった。陽の光りに追い立てられて入って行った。なだれ込んだ、といったほうがよい。空に、無気味な爆音がひびいていた。思案の余地がなかったのである。

奥の黒い影が動いた。怒声は聞えない。民間人だったのだ。

壕の端へ置いてほしい、と頼んだ。きれいな女の声のウチナーグチ（沖縄方言）が返ってきた。首里言葉のようである。

ノブ子さんは、腰の布袋に米を少し持っていた。頭にかぶっていた鍋を取ってみたが、水がなかった。砲声がしきりである。

父母と兄嫁と、押し固まって生米をかじった。唾液が涸《か》れて、舌が妙に邪魔になって嚙みにくかった。

そのとき、ゴッ、という衝撃があった。

「きた、と思ったときはもう遅い。直撃には音がないんです。ドォーン、なんて、そんな悠長なものではなくて、ほんとに一秒の何分の一、瞬間のことです。身をかわすヒマなんてあるもんですか。タマは、いいえ、破片でしたけどね、わたしのここ（太腿）をかすって、地面に刺さっていました。わたしが一番入り口近くにいたんです。母と兄嫁が引っ張り込んでくれた。明るいほうへ透かしてみたら、ほんのかすり傷なんです。母が〝ヌーン・アランサ・ワラバー、たいしたことはないよ。たったこれくらいのことで人をびっくりさせて、この子は――〟と言ったんですよ。それからはもう、タマの落ちる音がウァンウァンして、耳がつぶれそうでした。わたしは意気地がないから、自分の血を見てがっくりしたんですけどね。母が〝ヌーン・アランサ〟と言ったんで、あ、生きたんだな、と思った。ああいうときは、痛くないんです。他人の怪我や死ぬのには馴れてるくせに、自分のこととなると駄目なものですねえ」

母が、ふところから豚の脂を出して傷口に塗り込み、手拭いできつくしばってくれた。

それが、三十数年後の現在も全治していない、というのである。傷口は小さかったが、破片が一つ、皮下にもぐっていた。

彼女は、体をずらせて、スカートの上から触らせてくれた。コリコリと、「豆粒大の手応えがあった。捕虜になってからアメリカ人の治療をうけたが、摘出はしなかった。異物は、ときどき移動するのだという。

「こんなの、やられたクチに入りません。恥ずかしくて話もできないくらい。でもね、あッと思って手で押えたときの、ぬるりとした感触と血の色、それから、ツーンと鼻をつく、あの硝煙の臭《にお》い。嫌なもんですねえ」

自分の傷に動転していた彼女は、ふと、壕の入り口で動いているものに気がついた。体をくの字にした、若い女であった。手を当てている下腹部から、何やら溢れ出ていた。赤黒く、ぬめぬめと光って見えた。

「はらわただったんです。ふくらんで、もんぺの上まではみ出ていた。あの色を思い出すと、いまでも食事がのどを通らなくなります」

気丈な娘であった。曲げた体ごと外へずらせて、何かを引きずり込もうとしているのだ。老女の死体だったのである。

ようやく、砲声が遠のいた。

「水ゥ」

と、娘がほそい声を出した。壕の人びとは、互いを見て、力なく首を振った。誰も持っていないのだ。

「あれで、二、三分も経ったでしょうかねえ。おなかをかかえていた、その人の手が、ダラリとゆるんだんです。腸が全部、ポロポロロッと落ちた。私の母が〝キー・ジューク・ムティヨ、気をつよく持ちなさいよオ〟と言ってそこへ寝かせました」

先に壕にいた、一家族五人も、黙って奥で固まっていた。ノブ子さんたちも手の尽くしようがなかった。声はしだいに間遠になったが〝水ゥ〟とかすかに聞えた。その声が跡絶えたのは、四、五時間あとであった。雨も降っていない。一滴のしずくを飲ませることもできなかったのである。

シーンとした壕の中で、誰かが皿の油に挿した灯心に火をつけた。ノブ子さんの前に、力なくうす眼をあけた、草色の顔があった。

「あのォ、こんなふうに話していると、いかにもその人の最期を看取《みと》ってあげたように聞えるかもしれないけど、それも違うんです。わたしの傷だって、豚の脂をつけたらそれっきりで、親たちも〝痛いか?〟とも言ってくれません。壕の入り口に死体が二つ転がってる、いっそ、このままにして隠れていたら、アメリカーは死に絶えた壕として見逃がしてくれるかねえ、て、灯りがついたら、おとなたちがひそひそ話をしてるんですよ。いや、壕が小さいから、奥が見えて火焔放射でもされたら大変だ、早く出たほうがいい。私の父はそう言いました。アメリカーに知られた壕は危険ですからね。怪我人や死んだ人になんかかまっておられない。それは、いまだからひどい話に聞えるけど、あのときは仕方なかった。見捨てて逃げる罪悪感というか、そんな悲壮な気持はないんです。どうせ、つぎは自分が死ぬかもしれない。そうでしょう、あの人が、お母さんらしい人と一緒に壕へ飛び込んでくるのと同時にタマがきた。わたしとの距離なんて、五〇センチもあるかないかなんですよ」

　わたしは偶然かすり傷ですんだ。あの人はまともに爆風を飲んで腸が飛び出してしまった。もし、誰もそこへこなけりゃ、わたしが飲んでいたでしょうね。ほんの一瞬の差なんです。

　ノブ子さんは、そう言って眼をとじた。

　私は、爆風を飲む、という言葉を初めて聞いた。圧縮された大量の空気を一挙に吸い込んで、内臓が破裂した、というべきか。腹が裂けない場合でも、臨月の妊婦ぐらいにふくれ上がってしまう。極度の呼吸困難で苦しみながら死んだ人に、彼女は何度も出遇ったそうである。

「ああ、きょうも一日生きた。やられなかったなあ、と思います。家族より何より、まず自分のことで頭がいっぱいなんです」

　ノブ子さんは、どんなときでも、鍋と包丁だけは手離さなかった。鍋は鉄カブト代用、包丁は、いたるところで偽装用の枝や木の葉を切るため。そして、最後には自決の道具になる。

爆弾が近くで炸裂《さくれつ》すると、ショックで鍋が転がり落ちる。あわてて拾い上げてまた走る、というぐあいだった。

高良《たから》には、まだ樹木が残っていた。沖縄でいう、山である。壕はおろか、窪地《くぼち》もなかった。昼間でも、砲声がやむとひたすらに歩いた。父の足が遅くてじれったい。赤ん坊をノブ子さんがおぶって、兄嫁が父を背負ったりもした。

「一生けんめい歩いてるようで、実際はまったく同じ場所を往ったり来たりしていることが多いんですよね。タマに追われれば、どこかまわず逃げますしねえ。もう、そのころは食べる物も持ってないし、おなかが空いてフラフラ。父と、赤ん坊をおぶった兄嫁を樹の下に待たせて、母と二人でそこいらの畑へ芋かキビがないか、さがしに走ったことがありました。月夜だったんでしょうかねえ。割合、明るかったんですよ。走ってるうちに、人が重なり合って倒れてるのにぶつかりました。ヤマトの兵隊みたいでした。十名くらいはいましたかねえ。祟《たた》りがあるといけないから、横向いて通りなさい、と母は言うんですけど、やっぱり足がすくんでねえ。自分も、いつ、こういう姿になるか分らない、と思ってしまう」

母が言った。爆弾にやられて、こんなふうに手足が千切れたり、腹を破られたりするより、どこか、いい隠れ場所をさがして、家族が一緒に餓死したほうがましだ、と。

道に立って、自分たちの部落の方角を見ると、一帯が真っ赤に燃えさかっていた。

「隠れ場所なんてあるもんですか。飢え死にするのを待つのも、苦しいにきまってる。もう、どう考えたらいいのか、母も支離滅裂なんです。わたしをつかまえて、ああも言い、こうも叫びしてる。そのときだって、けっきょく思い直して食べ物をさがしに行ったんです」

　父は、杖にすがりながら、顎《あご》ばかり出していることが多くなった。足が痛いのである。

「そんな父が焦れったくてねえ。タマがきたらどうするのさ、て突っかかりました。父さんがぐずぐずしてれば、わたしらまでやられてしまうんだよオ！　死んだら、父さんのせいだからね。ほんとにわるい娘でした。わたしも、子どもだったんですねえ」

　その日は、一日じゅう雨だった。沖縄の六月は、夜になっても蒸し暑く、汗が流れた。艦砲射撃がやむと、物蔭や穴の中から、人がぞろぞろと出てきた。もはや、足早に歩ける者は少なくなっていた。空腹と疲労が、死の恐怖をも退けたか、と思うほど動きがにぶかった。

　道は、粘土をこねたような、灰白色のぬかるみである。

父の足がもつれて、泥にのめり込むように倒れた。彼女はまず空を見た。トンボはいなかった。父を抱き起こして〝早く、早く〟と邪険にせき立てた。

道の両側に、黒く、小高い繁みの影が見えた。山のようである。父が、与座岳と八重瀬岳とのはざまではないか、と言った。山、といっても、一五〇メートル前後であった。

ドーン、と遠くに砲声がひびいた。一家は、あとになり先になりして足を早めた。道の避難民たちがざわめいた。夜にしては珍しい攻撃なのだ。艦砲にえぐり取られたらしい、岩壁の穴を見つけた。

「すぐに爆弾がきはじめたんですよ。いつもとちがって、落ちるワ、落ちるワ、もの凄くなってきた。浅い岩穴に、みんなが頭を押しつけて息を殺していました。ちょうど、正面の空に、木の葉みたいに、パラパラ、パラパラと、こういう感じで落ちてくる。先にピカッと光って、あとから音が聞えます。片側の森が、二時間くらいでなくなってしまった。空から油でもまいたんでしょうかねえ。樹がどんどん燃えてる。タマが、土をパーッと空へ吹き飛ばすのが見えます。岩穴といったって、壕ではない。体はまる出しなんです。一発、近くへ落ちたら終りですよ。恐ろしい時間でした」

ちょっと静かになった。硬直した体を壁で支えて、花火の消えたあとのような空を見ていた。父も放心しているのか〝歩け〟とは言わなかった。そのとき、誰かが走り出た。

「馬が倒れていたんですよ。その人、きっと馬の肉を切りに行ったんだと思います。飢えていますからねえ。でも、そこまで行き着かないうちにぐーんとうしろへのけぞって、そのままの格好で動かなくなった。走ったら、アメリカーはかならず撃つんです。馬と、人間の、そういう影絵を見てるみたいでした。しゃべると長いようだけど、ほんとに、あッというまの出来事なんですよ」

砲撃が終って、静かな夜が戻ってきた。闇が、死体の群れも、血痕も、焼けただれた樹木の残骸もすっぽりと包み込んで、太古を思わせた。

ノブ子さん一家は、ノロノロと岩壁を離れた。道にも、人影が動きはじめた。トンボのくる気配はなかった。彼女たちは、樹影をたよりに、焼け残っているほうの山裾を伝って歩いた。

まもなく、自然洞窟らしいものを見つけた。ゴツゴツとした岩礁の隙間が、曲折して下へつづいていた。壕に使われているものか否か、は見当がつかない。しかし、考えている余裕はなかった。父が「入ってみよう」と、先に立って下りはじめた。

「泣かすな！」

中から、男の声がした。ヤマトンチュ（本土の人）だった。

「思ったより浅い洞窟だったけど、それでも二、三十人は入れる自然壕でした。若い母親が、やっきになっておっぱいを吸わせようとしている姿が見えたんです。奥に、ほそい灯りが揺れてました。赤ん坊は乳を振り切って泣いてる。その声につられたのか、うちの兄嫁の子も泣きだしちゃった。黙らせろッ、殺せ、殺すんだッて、一人ではない声が、浴びせるように叫んでます。あれは民間じゃない。灯りのあたりにいたのは友軍なんですね。わたしたちは、足音を忍ばせて壕を出ました。あの赤ん坊はどうなったか。敵の電波に知れるッ、と凄い剣幕で怒鳴ってましたからね。おそらく、生きてはいないと思いますよ」

壕の中で赤ん坊が泣くと、有無《うむ》をいわせずおむつでも何でも口に押し込んで窒息させた、という話を、私はほうぼうで聞いていた。おとなしくしてやる、といきなり劇薬を注射された例もある。すべて、日本兵の所業なのだ。

「敵のタマはもちろん怖いですよ。でも、身近にいて、いつ、何をするか分らない友軍のほうが、もっと怖《こわ》かった。うっかり方言をしゃべってもスパイだって言われるんですからね。撃たれたって文句の言いようがない。もっとも、赤ん坊の泣き声は、同じウチナンンチュ（沖縄人）にも嫌われました。殺しはしなかったけど、壕から出された話はいくらでもあります。赤ん坊なんか死んだって、またつくればいい、とそう言ったそうですよ」

戦争が、人間に、いのちをいとおしむ心を失わせたんです、と彼女は一点を見つめてつぶやいた。

「わたしも完全に鬼になってました。足の痛い父に、それが分っていながら〝早く歩け〟と言いましたからね。父がやられるのを心配したんではない。そのために、わたし自身がやられはしないか、と怖かったんです。とにかく、もう、誰もが人間でなかない、けだもの以下というか、フリムン（狂人）というか――」

戦場での異常心理は、他に対して酷薄なばかりではなかった。たとえば、幸運にも頑丈な地下壕へ入れたとする。しかし、けっしてそこにじッとしてはいられない。被害妄想というか、つねに、自分の居場所をこそ敵がねらっている、と思えるのだった。せっかく得た壕を捨て、別の隠れ場所を求めて、ところかまわずさまよい歩く。誰もがそうして恐怖を紛らせていたのである。

「ふつうの家の焼け崩れでも、屋根が少しでも残っていれば、その下へ隠れる気になるんです。そんなもの、破片が一つ当ればふッ飛ぶんですけどねえ。頭の上がひろびろとした空、というのがたまらなく怖い。何か、板きれ一枚でも、顔さえ隠せればいっときほッとする」

壕を追われたあとは、樹の蔭一つにも出遇わなかった。いつか、山裾の斜面を過ぎて、白っぽい、平らな道へ出ていた。東の空が仄《ほの》明るくなってきた。

「アイヤー！　真栄平《めえでら》へきているよオ！」

せまい四辻で、父が杖をとめて大声を出した。その前を、てくてくと通り抜けて行った女がいた。急ぐでもなく、止まるでもない。ざんばら髪の頭を、まっすぐ正面に据えていた。年格好の見当もつかない。あやつり人形が歩いているようだった。

ノブ子さんたちも、その女につられてまた足を前へ出した。

すっかり夜が明けてしまった。ぐずぐずしてはいられない。砲撃が始まる時刻である。

先頭の父が、きッと四辺を見回した。道からはずれた岩蔭に、墓らしい、破風の屋根が見えた。彼はそこを杖で指して、行こう、と合図した。みんなが全身の力を振り絞って歩いた。ノブ子さんは、父の背を押した。

沖縄の、大きくて頑丈な墓を、アメリカ軍がトーチカだと思い標的にしていたとは知るはずもないが、祟《たた》りをおそれて気怖《きお》じした。しかし、もはや切羽詰まってしまった。

ノブ子さんが素早くくぐって石室へ入った。誰もいなかった。ジーシガーミ（厨子《ずし》甕《がめ》＝骨壺）がいくつも倒され、いちめんに人骨が散乱していた。

父が、まず四方を拝んでから、着物を脱いで骨の上に敷いた。声を出す者はいなかった。父が坐ると、母も兄嫁も、くずれるように足を伸ばした。

湿気と、新旧の骨とがかもし出す臭気か。息苦しいほど、異様な臭《にお》いが漂っていた。

墓の前方は、畑であったらしい。艦砲の穴であろうか。大きな窪みに水が溜っていた。ノブ子さんは夢中で走り出てかがみ込んだ。空腹よりも、渇《かわ》きが耐え難かったのである。青みどろが浮いていた。掌で、それを一方へ寄せて飲んだ。

父が呼んでいた。トンボに見つかれば撃たれる。しかし彼女は、頭にかぶっていた鍋を取って水を汲んだ。

無事に石室へ戻った。母が、かつおぶしをナイフで削《けず》っていた。無言で少しずつしゃぶっては、鍋の汚水を回し飲む。それが、一家の朝食になった。

赤ん坊が、ひきつけるように激しく泣いた。兄嫁がけんめいに乳を吸わせようとしたが、吸いつかなかった。乳が出ないのだ。

母が、舌を吸わせてみよう、と言うなり抱き取って小さな口へ挿し込むと、チュウ、と音を立てて吸った。ノブ子さんが代った。

「痛いものですよオ。赤ん坊とも思えない、凄い力ですからね。あれも、人間が生きようとする本能なんでしょうね。引き千切られるようでしたよ」

〝ミーウム（芽芋＝畑にとり残された芋蔓から自然発芽したほそい芋）ぐゎでも、フーチバ（よもぎ）でもさがして兄嫁に食べさせねば大変だ〟と母が眼の色を変えてノブ子さんを見た。

「昼間はタマがくるから出られない。わたしだって、おなかペコペコのうえに舌の水気まで吸い取られてるんですからね。そんなでも、夜になったら、せっかく見つけたそのお墓を出たんですよ。食べ物より何より、とにかくじッとしていられないんです。道いっぱいの人が、あっちへうろうろ、こっちへうろうろしてる。ドカン、て一発タマの音がすれば、とたんに蟻《あり》の行列みたいなのがどこかへ散って、また静かになったら、うろうろ、という具合です」

父は、よほど膝が痛む様子であった。真栄平《めえでら》を過ぎたころから、呻き声を立てるようになった。しかし、七十歳の彼には、気骨《きこつ》が残っていた。西へ向かえ、と言うのである。名城《なしろ》へ行こう。そうすれば、本家のある福地《ふくじ》へはひと踏ン張りで着く、と。

「その家は、すぐ前が海ですからね。アメリカの軍艦もきてるはずだし、もうとっくにやられてるかも分らないよオ、と言っても、きかないんです。やっぱり、父は生まれた土地へ行きたかったんですねえ」

それにねえ、とノブ子さんは声を落とした。

父は、早くに家族を疎開させていたら、こんな目に遭わせないですんだ、と悔いているのにちがいなかった。それを、察してやるべきだった、と彼女は言うのである。

二月に、稲嶺部落にも北部疎開の命令が伝わった。何軒かの、老人や幼児と女たちが荷をまとめてのがれていった。しかし、彼は疎開に反対した。山原《やんばる》（本島北部）は遠すぎる。食糧も少ないというし、差し当っての初孫の出産も心もとない。まさか、南部が戦場になろうなどとは想像もつかなかった。彼は、断乎《だんこ》、首を横に振ったのである。

「疎開、疎開って部落中が騒いでいたときね、畑から戻った父が、たったひとこと〝許さん〟と言いました。母は、そういうとき口答えをする人ではないんです。おなかの大きな兄嫁と二人で台所にいました。足を洗って家へ上がった父は、一番座（表座敷）の真ン中でサンシンを弾きはじめたんです。あの、蛇皮線ともいう、沖縄の三味線ですよ。低い声で歌いながらね。ほんとうは、迷っていたんじゃないでしょうか」

——五月に、本部《もとぶ》半島の今帰仁村《なきじんそん》へ行ったとき、私はサンシンを弾くひとり暮しの老女に出会ったことがある。

小屋にちかい、ひと間きりの家には、タンスも食卓らしいものもなかった。粗末な、棚のような仏壇に、位牌がぞろッと並んでいるきりなのだ。戦争で失った子どもたちであった。

もの静かな老女は、そこで私にサンシンを弾いてきかせた。前もうしろも砂糖キビ畑で、彼女のほかには仔山羊《こやぎ》が三びきいるだけだった。

部落の知らせを持ってきた、と言って、初老の農夫が顔をみせた。〝おウ、やっとるな〟と相好《そうごう》を崩した彼が、ドレ、と言って老女からサンシンを受け取って弾きはじめた。老女が唄をつけた。地唄のような感じの曲であった。

私たちの、いわゆる三味線に対する感覚とは、まるで違うのである。それは、悲しいにつけ、うれしいにつけてほしくなる、酒のようなものであろうか。ふだんの生活と切っても切れない芸能なのだ、と私はそのとき思った。

ノブ子さんの父は、野良着のまま、灯りもつけない座敷にいつまでも正座してバチを動かしていたという。

名城へ向かおう、そして、生家のある福地へ行くんだ、と言う父の膝は、いよいよ痛みがひどくなったようである。母と兄嫁が両側から腕を支えてみたが、やはり無理だった。その夜は歩くのを断念した。

ノブ子さんは畑を目指して走り出た。道には、南下する人の群れが黒くうごめいていた。彼女が畑へ入ると、群れの中から数人がなだれ込んできた。とり残しのミーウムぐゎ（芽芋）を見つけた。鉛筆くらいの芋であった。あっというまに人の手が殺到して、千切れるまで引っ張り合い、互いに尻餅をついた。飢餓戦争であった。

腕力で獲物を奪われ、がっかりして道へ戻ると、弾痕らしい穴に、白い粒々が見えた。ひと握りほどの米である。彼女は胸を躍らせてすくい取った。

「焼け米だったんです。炊いても、ご飯から焦げ臭い煙が出ましたよ。空耳だったかもしれませんが、ドン、とどこかでタマの音がしたような気がしたので、あわてて火を消したから、半煮えでしたしね。道端の溜り水で、ろくに研ぎもできないで炊いたご飯なんて、想像もつかないでしょう。それでも、しばらくぶりのご飯はおいしかったですよ。父もよろこんで食べました。その晩、わたしたちがいたのは、半分掘ってやめたような、浅い、タコ壺みたいな穴でした。父がね、ご飯のあとで、膝を、こう抱えるようにして〝わしはもう、歩けん〟て言うんです。ここに残ることにするから、おまえたちだけで逃げなさい、とね」

彼が、初めて弱音を吐いたのである。

「その前の日にもね、わたしは父の手を引っ張って、もうすぐ福地だのに、こんな所でやられたらどうするかって言ったんですよ。わたしがどんなに憎まれぐちを叩いても、父は怒りませんでした。わたしたちを疎開させなかったことが、こたえていたんだと思います」

〝心配するな。徳があれば、どこにいても生きられるのだから〟

「父さん、そんなに言うんなら、ほんとうに置いて行くよオ、とわたしが大声を出したら、ああ、早く行きなさい、と手をこんなこんなして〝行け、行け〟するんですよ。母も、それを見て〝ノブ子よ、父さんは言いだしたらきかない人だから、もう、仕方ないねえ〟と腰を上げたんです」

父は、機嫌よく、うん、うん、とうなずいてみせた。

そのとき〝アンマーよオ！　アンマーよオ！〟と、ひときわ野太い声が聞えた。目の前を、大きな図体の男が泣き叫びながら通りすぎて行った。狂人のようであった。おびえた母が、振り返ってもう一度父の手を引っ張った。

〝行け、というのが分らんかッ〟

らんらんとした眼光で母をにらみつけ〝早く行けエ〟と向こうを指さした。彼は、生来の頑固さを発揮したのである。

「わたしたちは、諦めて出ました。母は、もう何も言いません。父を見捨てる、とか何とか、そういう深刻さはなかった。さア、あのときの状況を、どう説明したら分ってもらえるでしょうかねえ。仕方ない、じゃ、行こう、て、ただそれだけなんです。人はどんどん動いて行きますしね。それ以上押し問答してるゆとりなんかないんですよ。いまではもう、理解して下さい、なんて言っても無理でしょうけどね」

二、三〇メートルも歩いただろうか。

「父の声がするんです。嗄《しわが》れ声で叫んでる。確かに父の声です。わたしは〝アキサミヨウ！　父さんがあんなにして呼んでるよオ〟って母にしがみつきました」

――おまえたちィ、本気でわしを捨てて行くのかア！

「いったんは、ほんとに覚悟を決めたんだと思いますよ。でも、現実、タコ壺に一人残されてみたら、やっぱり駄目だった。そうですよねえ。それが人間ですもの。死にたくなんかない。親とか、家長とか、そんなものはいっさいかなぐり捨てた、けだものみたいな声でした。しまいには、うォーッとしか聞えない」

母が、おウ！　と応《こた》えて駆け戻った。人の流れに逆らって、掻き分け掻き分け行く母の髪が、ほどけて逆立った。

「福地の、先祖の墓でなら、死んでもかまわん」

父が、母の背でつぶやいていた。夜のうちに、少しでも先へ進まねばならぬ。殺気立っている人の群れに、押しつぶされそうになった。

にんじん畑を見つけた。空はいっとき安泰のようであった。頭上にトンボがいなければ機銃のねらい撃ちだけは避けられる。遠くからくるタマなど考えてはいられなかった。当る者には当るのだ。〝あ、トンボがいない、大丈夫だ〟と、ノブ子さんは畑へ入った。にんじんの泥を掌でこすり落としてかじった。黄色くなっていれば軟らかいのだが、どうやらまだ未熟らしくて固い。しかし、胃袋には溜った。どこかに、キビはないか、と見回した。あの甘い汁が恋しかった。一瞬、駆け寄ろうとしたら、芒だった。

彼女は全速力で走った。二、三人にぶつかったが、蹴散らして走った。父たちに追いついた。にんじんは全部食べてしまった。黙っていた。

泉《カー》がある、という声がした。人の流れが乱れた。砲声はやんでいた。

「それッ、て、わたしも鍋をかかえて飛んで行きました。もう、おおぜいがぶつかり合って進めないくらい。やっと泉に着いた。小さい石囲いの中に、水が光ってました。いきなり鍋に汲んでゴクンゴクン飲んだ。おいしい、というより、ああ、生き返ったって気持。おなかが破れるほど飲みたかった。気がついたら、泉のふちに人が倒れていた。女の人。赤ちゃんをおぶっています。親も子も動かない。珍しく雨が上がっていて、物の形がはっきり見えるんです。死んでるかどうか、それは分らない。あんなにたくさんの人が水を汲んでいったけど、誰も、倒れている人を振り向きもしない。わたしだって、アイヤー！　て、チラと見ただけですからね」

鍋に水を汲んで走ろうとしたノブ子さんは、何かにつまずいて泉に滑り落ちた。浅かったからどうにか這い上がったが、鍋が転がってしまった。拾おうとすると、泉へ手を出した人と衝突した。あ、と声を立てるヒマもない。そこも戦場だった。

「そのとき、道と反対側の空がいやに明るくなったんです。すぐにタマが落ちはじめた。どんどん落ちてる。光りの尾を曳いて落ちてる。あれが、いつ、こっちへ向ってくるか分らない。一秒を争って水汲みしてるわけです」

十四歳の彼女が、一家で唯ひとりの働き手だったのである。鍋の水は、待ちかまえていた、父、母、兄嫁が飛びつくように飲んで、残りを父が腰に下げた抱瓶《だちびん》（身につける、陶製の酒器）に入れた。

真栄平《めえでら》から名城《なしろ》までは、五キロメートル弱。泉は、名城に近い部落だったのだ。あと、一、二キロメートルで福地のはずだが、夜が明けてしまった。

「ドーン、という鈍い音がしていて、タマは全然こない。これは無気味なものですよ。敵が、すぐ近くへきてるかもしれないんですからね。あれはもう、糸満街道だったと思います。ちょっとした土手を見つけて、その蔭に隠れたんです。そこから、アメリカの軍艦がはっきり見えましたよオ。そしてね、水上戦車、というのか、海陸両用戦車、いや、あれが上陸用舟艇っていうのかな。四角い、真ッ黒いのが、すぐ目の前にいっぱい並んでるんです。敵が、わたしたちに向ってまっすぐにやってくる。恐ろしいたってもう、ああいう、鉄の塊がいっぱい上がってくるのを見たら、歯の根がガクガクしてねえ。わたしたちの横に、足を道のほうへ向けて四、五名も死んでた。軍服つけた、友軍でした」

死体を、恐ろしいとも何とも思わなかった。むしろ、それに身を寄せるようにして体を伏せた。そのほうが目立たないのではないか、と父が言った。兄嫁は、赤ん坊をふところに入れて丸くなっていた。動かないで、死んだフリをするのだ。さいわい、アメリカ兵は現われなかった。午後からは、また雨が降りはじめた。かぶる物も何もない。かつおぶしを削ってしゃぶり、雨滴を口に受けた。ながい一日であった。

昏《く》れきらないうちに、父が〝アッケー（歩け）〟と立った。

「福地へ向って、糸満街道を、名城口《なしろぐち》というところまできたときに、ダ、ダ、ダッと、凄い迫撃砲がきたんです。街道いっぱいに歩いてた、避難民のドまン中へ、タマが何発も何発も落ちた。近くから撃ってるんですよ。わたしたちの前にいた人たちがみんなやられた。人間が飛ばされるのがはっきり見えるんです。足や手が千切れて散らばる。ほんとうに、人間のかけらが舞い上がって、降ってくるんです。生き残った人が、わあーッと、前へなだれのように走った。タマは、追っかけてそこへまた一発。前へ行っては駄目なんですね。わたしたちはそれを知っていたわけではない。動けなかっただけです。伏せしている頭へ、石も砂も飛んできました。どんな激しい攻撃も、ひとしきりすればばかならずやみます。そッと顔を上げて、あ、生きた、と父や母の無事を確かめて起き上がった。赤ん坊が、よく生きたと思いますよねえ。ほんとに、ふしぎ、としか言いようがない。まわりじゅう、死人でいっぱいなんですからね。まだピクピク動いている人もいます。父が〝シムサ・アッケー（いいから、歩け）〟と言って、またよろよろと進みました」

〝ヌズミヤ、シティティ、ナランドゥ（のぞみを捨ててはいけないよオ）〟

杖にすがって、肩で息をついでいる父が、そうつぶやいた。父祖の地、福地はもう目の前なのである。

屋根の半分欠け落ちた家が、暗がりにひときわ黒く見えた。石のヒンプン（家の前隠し）も無残に割れていた。母が転がるように近づいていった。

「入るなッ。そこに人間が立つとタマがくるから、あっちへ行け！」

崩れた壁の中に、思いがけなく老爺がいたのである。あたりには、草一本残っていなかった。

父が痛みに喘《あえ》いでいた。ほんの少しのあいだ、休ませてほしい、と頼んだ。空の下では、トンボにねらわれるのが恐ろしかった。どうか助けて下さい、と、母のうしろから兄嫁も掌を合わせた。本家の名も言ってみた。いきり立っている老爺には、何ひとつ耳に入らなかったようである。

兄嫁の背中で、赤ん坊が声を立てた。泣いたわけではない。だが、老爺の怒りは頂点に達した。

〝出て行けエーッ〟

足を引きずって去るよりなかった。福地部落へきているはずだった。しかし、あれほどひしめいていた避難民とどこではぐれたのか。まるで、死の世界へ入り込んだようであった。爆雷も地響きも聞えなかった。

弾痕か、穴だらけの空き地へ出た。畑の跡かもしれなかった。その隅に、人が掘ったらしい、小さな壕があった。

おそるおそる覗《のぞ》いたが、人の気配はなかった。ノブ子さんが入って行くと、爪先にぶつかった物がある。温かかった。飯盒《はんごう》だった。なンと！　飯が炊けているのである。疲れがふッ飛んだ。四人は、ガツガツと手づかみで食べた。のどが痛いほど塩辛かった。海水で炊いたのにちがいない。みるまに飯を平げて、へたへたと坐った。父が、水の残っている抱瓶《だちびん》を出した。ひとくちずつしかなかった。

ありがたい飯ではあった。しかし、無気味だった。せっかく炊き上がった貴重な飯を捨ててまで、ここにいた人はなぜ姿を消したのか。友軍か？　死体もなかった。いずれにしても、一人ではないはずである。

父が〝出よう〟と言った。

「ふだんは、あまり慌《あわ》て者ではない父なんですけどねえ。あのときばかりは、杖を振り立てて、早く、早く、とおびえていました」

ふためいた父は、生地の地理をまちがえたのである。部落へ入るつもりが、アダンの林へきてしまった。海岸なのだ。アダン葉の向こうに、黒く巨大な軍艦がズラリと並んでいた。仰天して引き返そうとしたとき、突如、艦の一つが火を噴いた。艦砲射撃である。

トゲトゲの、人の丈ほどもある厚い葉の下に伏せた。兄嫁の背中の子は、葉群れの外へ出ていた。

「伏せしている上に、熱い砂がざアーッて飛んできてかぶさるんです。でもね、敵の軍艦があんまり近いんで、タマは頭の上を行き過ぎちゃう。ただ、砂が熱いから、痛いッ、と感じる。やられたか、と思って手や足をさわってみると、何でもない。タマが、部落のほうでフウライ、フウライしてるのが見えましたよ」

アダン葉の下に、大きな石があった。アンマーよオ、と母を呼んで石をどけようとしたら、人間であった。

「タマでやられた人は、ものすごくふくらむんですね。まッ黒くなって、ポンポンしてます。男か、女かなんて分りません。着物も焼けて千切れてるしね。それより、臭くて、臭くてどうしようもない。でも、考えましたね。ひょっとしたら、この死骸が、タマ除けになってくれるかもしれない、臭いのをがまんして、死骸に頭をくっつけて伏せしていました」

夜が明けてみると、なんのことはない、道一つ向こうに本家が見えるくらいの場所にいるのだった。しかし、アメリカ兵にねらわれているようで動けない。軍艦からも見えているのだ。夜を待つことにした。

「本家は、母屋の端が少うし残っていただけで、空っぽでした。道も、家の周りも、そこいらじゅうが死骸だらけなんです。もう、足の踏み場もないくらいゴロゴロしてる。本家の人もやられてるんじゃないか、と思ったって、一人一人確かめていて撃たれたら大変ですからね。いそいで裏手にあるお墓へ行きました。石も崩れてなくて大丈夫でしたからね、ジーシガーミ（厨子甕《ずしがめ》）を出して入ったんです。やれやれしたんですけどねえ。こんどは静かすぎて気持がわるい。夜になっても人の気配がないってのが不安なんですよ。本家の墓でなら死んでもいいと言った父が、もっと南へ下がろうって、二日目に墓を出たんです」

ノブ子さんは、太い吐息を洩らした。テーブルの皿は、どれもが手がつけられないままで冷えていた。陽ざしがすっかり衰えて、庭の樹々が黒く見えた。ふッと押し黙って、あてどない視線を泳がせていた彼女は、やがて私をまともに見た。

「言葉っていうのは、焦れったいものですねえ。あったことを、そのまましゃべろうと思っても、どこか、少うし、違ってしまう。物事を、まったく同じに再現して伝えるってことは、実際は不可能なのかもしれませんね。本に書かれているのを読んだり、映画も観ましたけどね。そう言ってはわるいけど、絶対あんなもんじゃない。どれも、きれいに描かれすぎています。だから、わたしは、飾らないで、事実通りに話してるつもりなんだけど、ズレがあるような気がしてくる。あの戦争は、やっぱり、その場にいた人間でないと、ほんとうには分りっこない、とそういうしかないんですよ」

沈黙が流れた。庭の隅から、虫の声が聞えたような気がした。耳鳴りだったかもしれぬ。私は言葉を失っていた。

「そればかりではないんです。わたし自身、いまになっても、どうしても言えないことがあります。いっそ、他人のこととしてしゃべってしまえば、気持がラクになるか、と思ったりしますけど、駄目ですねえ。自分をダマすことはできませんからね。けっきょく、死ぬまでこのまま抱えているんでしょうねえ。排水溝を出てからだって、二十日以上も逃げあるいたんです。ずいぶんタマの下もくぐりました。そういう、ドンドンパチパチを運よくのがれて生きてもねえ、それだけが戦争ではないんです。人間の、ギリギリ、裸の姿、というか、浅ましいものですよオ」

とうてい忘れることのできない体験であった。また、忘れてはならないと思う、とノブ子さんは言う。しかし、一方では、夢にうなされるたびに、解き放されたい、とねがってもいる、と。

「あんな体だった父も、いくさでは生き残りました」と、私から眼をそらせて言いながら席を立った。

「今夜は、主人が出張で留守しますから、夕食をすませて、ゆっくりしていって下さいね」

二、三度台所へ往復したとおもうと、彼女は新しい揚げ物と、湯気の立った飯茶碗を運んできた。

食事を、私にもすすめ、彼女も箸を取るのだが、いつのまにか、また戦争の話に戻ってしまう。私は、はっきり耳鳴りを自覚した。それは、飛行機の爆音のようでもあり、砲弾の、遠い炸裂《さくれつ》音とも聞えた。

「本家のお墓を出た夜でしたよ。父がね、西の方角へ流れるホーキ星を見た、と歩きながら言うんです。これは、人が死に絶える、わるい知らせだって、ね」

——もはや、いくさに勝つ見込みはない。それどころか、沖縄の人間は、ひとりも生きられないんじゃないか。

「海へ向って歩いてるんですからね、覚悟はしなければなりませんよ。でも、戦争に敗けて、みんな死んでしまうなんて、それこそ非国民の言うことだって、わたしはほんとに腹が立ちました。戦争が、大変な状態になってる、とは子どもにもよく分ってます。それでも、日本が負けるとは考えられない。かならず、大艦隊が捲き返しにくる、とみんなが噂《うわさ》してたんですからね。わたしはそれを信じていました。あくまで頑張っていれば、日本軍が逆上陸してきて、沖縄にいる友軍とでアメリカーをはさみ撃ちにして大勝利をおさめる。そのとき敵の捕虜になっていたら、裏切り者として日本兵に殺されるんじゃないか。いまおもえば笑い話ですけどね、何の情報も知らない住民は、真剣にそう考えて、最後の勝利を信じていたんですよ」

降伏勧告のビラが大量にまかれた。はじめはひと塊になって落下するので、タマかと思って身を伏せた。しかし、空中でバラバラッと白くひろがって散るのである。

──住民には危害を加えないから、白いものを棒の先につけて出てきなさい。

「父も、ビラは信じませんでした。これはスパイだ。みんなを集めておいて殺すのにちがいない、と言いました。ビラは、友軍に見つかったらさッと奪われますからね。歩きながらこっそり読むんです。日本はもう戦争に敗けました、なんていうのもありましたよ。アメリカーのやつ、こんなウソを書いてるさ、て、破って捨てました」

日が暮れると、どこからともなく道路に人影があらわれた。どの人も、疲れ果てた歩き方である。腹ばかりふくらんだ、全裸の子を連れている女。足はどうやら動かしているが、顔や手足から血をタラタラ流している人。道端には、歩くのに邪魔になるほど死体が転がっていた。避難民は、それらを何の関心もなさそうに眺め過ごして行くのである。

「アダンの林が見えてきましたからねえ、もう喜屋武岬《きやんみさき》だったんですよね。ふしぎと、人の声がはっきり聞えたんです。闇夜で、顔は全然見えないのに、知ってる人の声がした。押されて、すれ違うときに、アレ、うちの部落《シマ》の人だ、て分りました。〝あい、カミイ（人名）、何でそっちへ行くの？〟〝向こうのほうがいいと思ってさ〟〝そう、じゃ、元気でよオ！〟これだけで別れた。摩文仁《まぶに》のほうへ行ったカミイは、タマに当って死んだって、あとで聞きました」

同じアダン林の手前で、彼女は叔母にも会っていた。

「あ、シズ叔母さんでないのオ？」

「ヤンドウ（そうだよ）」

「ノブ子よオ――」

「叔父さんがやられたから埋めてきたよ」

えッ、叔母さーん、と呼んだときはすでに行き過ぎていた。埋めてきた、と言われて、一瞬、何のことかと思ったほど、淡々とした口ぶりだった。

両側が畑の、せまい道が、そのまま長いアダン林へつづいていた。

妙な音がした。見ると、いま入ってきたアダン林の端に火がつき、パチパチと燃えているのだ。

ノブ子さんは、父の手をぐいとつかんで、遮二無二アダンのトゲを掻き分けて進んだ。母と、赤ん坊をかかえた兄嫁が、転がるようについてきた。トゲが手に刺さる。くびにも刺さった。行く手のアダン葉を避けようとしたとき、葉ではない手応えがあった。

「首だったんです。髪の毛がアダン葉アに引っかかって、ぶら下がってた。女の首ですよ。胴体はない。タマに千切られて飛んできたんでしょうかね。アンマー！　て、母を呼びました。息をぐッとつめて、首を手で押しどけ、転がり転がりくぐり抜けたんです。暗くて、顔が見えなかったからいいけど、ああ、いま思い出しても、あれは怖《こわ》かった」

火に追われて進めば、海に向かうしかない。ナマのアダン葉の燃える音が、小銃を撃つようにも聞えた。男が、三、四歳の子の手をつかんで、坐り込んだまま泣き喚《わめ》いていた。林の切れ目で、女が火のくるほうへ向いて誰かを呼んでいる。子にはぐれたのであろうか。死体らしい塊を、彼女は何度も踏んだ。もう、母を呼んだりはしなかった。

「足元は、タマで掘り返されてデコボコなんです。泥が雨でぬかっていて滑りますしね。うんと深い穴は、友軍が掘ったタコ壺だったようです。アダン葉アが繋っていて、ひと足も、ふつうには歩けません。母につかまったり、父の背中を押したり。兄嫁なんか、赤ん坊を着物でくるんで、よろよろしてました。みんなもう、神経が変になってへたばってるんですけど、人間て、あんなになっても力が出るもんですねえ。死に意地っていうのかな」

林の中には、硝煙と血と屍臭とが混り合った異様な臭気が充満していた。生きてうごめいている人間よりも、死体のほうが多かったかもしれない。ときどき、うしろのほうでパアーッと照明弾が上がった。なぜか、それはいつもつづけて三発上がるのであった。

黒く入れ墨をした掌だけが一つ転がっているのが見えた。針突《バジチ》といって、昔の女は掌の甲に入れ墨をした。老女のものにちがいなかった。

「照明弾の灯りでは地面が見えなかったけど、夜が明けてきたら、そこいらいちめん血の色でした。目の前のアダン葉アに、血だらけの着物の切れっぱしが引っかかっていましたよ」

もう、岬へきているはずであった。生きる希望は失せた。

「はっきりは分らないけど、六月二十日ではなかったかと思います。疲れきって、声も出なくなっていました。そのへんにも、友軍がひそんでいたんですね。子ども泣かすな、て怒る声が聞えます。おなかはペコペコだし、眠いし、何かに地の底へ引きずり込まれるみたいな、それこそ、生きてるんだか、死んでるんだか分らない。どこかで、ドカン、というような音がすると、一瞬、シャンとしますけどね。こうして話していると、あのときの場面が、一つ一つ見えてきます。何も考えてはいなかったですね。力がなくなって、もう、どうでもいいような――」

陽がのぼりはじめたころに、海のほうで激しい銃声が聞えた。本能的に地に伏せた。父が〝友軍の斬り込みかねえ〟と言った。

ひとしきりで銃声はやんだ。

首を上げると、そこに軍艦が並んでいた。福地で見たよりずっと近かった。岬の突端へきていたのだ。もう駄目だと思った。

父も、いったん杖にすがって体を起こそうとして、またガクンと腰を落とした。

――デテコイ、デテコイ。

海上からの声である。

父が、這っていって断崖を下りはじめた。絶壁だが、足を掛けるだけのくぼみはあった。真下は、黒い、無気味な藻の浮く海である。兄嫁も、子をきつく背にくくりつけて伝い下りた。彼女たちのあとからも、崖をおりてくる人がつづいた。周囲に十人くらいはいた、とノブ子さんは言う。人間だか、ボロきれだか判別のつかない、十歳くらいの子どももいた。

——デテコーイ。

軍艦からのスピーカーは、男の声である。

——住民には何もしないから、出てきなさい。

日本人の抑揚である。二世か、あるいは捕虜民だろうか。

信じられはしない。しかし、誰かが、声のする軍艦のほうへ顔を向けた。

「だまされちゃいかん。だまされるなッ！」

軍服ではないが、友軍の口調であった。

「あの崖の下にはね、人間が何人も入れる、大きな自然の洞穴がたくさんあるんです。わたしたちはそこで息を殺していました。もう、咳をひとつしてもアメリカーに聞えてしまう。敵に見られたら殺される、と思っていたし、捕虜されて恥をさらす前に自決せよ、という教育でしたからね。最後は死ぬ覚悟をしていました。わたしは手榴弾《しゅりゅうだん》を持たなかったから、包丁で手首を切る考えしてました」

——デテコイ、デテコーイ。

そのとき、父が唐突に口をひらいた。

「分らんどオ」

とっさに、気を呑まれたように誰もが彼を見た。

「ひょっとしたら、ほんとうに助かるかもしらん」

一同は呆《あき》れ顔になった。

「母も兄嫁も、それから、一緒にいた知らない人も首を振っています。友軍らしい、民間服の人が〝デマだッ〟と怒鳴ってる。母が、掌を父の口に当てて〝殺されるにきまってるよォ〟と小さい声で言ったんです」

彼は、岩壁の一点を凝視して、

「分らんさア」

と、静かに繰り返した。

「前へ行っても、うしろへ下がっても、死ぬしかないんじゃ。どうせ死ぬなら、せめて広いところへ出て死んだほうがいい」

〝だまされるな〟と言った男が眼尻を吊り上げた。

「おまえはスパイだッ。おれが殺してやる！」

男は、袖が半分千切れた沖縄のキモノを着ていた。住民から奪うか、盗むかして変装した友軍にちがいなかった。

「母が、みんなに頭を下げて、父にしゃべらせないようにしていました。誰も何も言わない。わたしも、やっぱり捕虜されるのは恥だ、と思いました。軍艦からはあんなふうに言っても、敵だから、命を助けるわけがない。ここで父が友軍に殺されるくらいなら、父を引っ張って自分も一緒に海にはまって死のうと思った」

男の、凄じい眼光をうけたまま、父がすっくと立った。胸を張って、杖を取り、一歩、一歩、岩を下りていった。虚を突かれた男は、まばたきもせずに見ていた。

――そのまま、左側へ歩いて行きなさい。

「軍艦からそう言ったんです。見えているとしか思えません。出るなら殺す、と言った友軍も、母も、兄嫁も、みんな黙ってぞろぞろ出ました。父の、ゆっくりしか歩けないうしろについてね。ああいうときの心理も、理屈では分りませんねえ。もう、そうなったらあとに残れないんですよ」

二、三〇〇メートル歩いた。途中、芒やアダン葉の生えている断崖の下に、日本兵が何人も並んで坐っていた。どう見ても生きているとしか思えないが、岩にもたれて死んでいるのだった。

「歩きながらですし、自分たちも殺されるかも分らないときだから、よく見たわけではありません。多分、あれは、小銃で一人ずつやられたんだと思います。そんなの見ても、べつに何とも感じなくなってる。誰も、あ、とも言いませんよ。わたしたちが歩きだしてからは、近くの岩穴にいた人もいっぱい出てきました。朝陽が射してましたよ。音っていえば、波打ち際の浅いところを歩いているから、水の音がパシャパシャ聞えるだけです。ぞろぞろ、おおぜいいましたからね」

崖の上に立っていた白人たちが、人さし指を内側へ曲げてオイデオイデをした。

「ヒージャー（山羊）みたいな眼の大男が、両方から、一人ずつ体を調べました。みんなハダシで、着物もボロボロなのに、ていねいに上から下までさわって検査するんです。いくら民間のキモノをつけていても、兵隊は分るんですね。あの、父を怒鳴った人もバレて、真っ裸にされて別の列に並ばせられました。そんなに手荒ではなかったですよ」

崖の上の台地には、アメリカ軍の大型トラックが二台停まっていた。白人、というより、陽灼けのせいか、赤鬼に見える兵たちが、銃を持ってはいたが、かまえてはいない。表情も和やかであった。

住民と兵隊の選別が終ると、アメリカ兵が、歩け、という身振りをした。

「トゥクヌアシャ、ヌーン、アランドウヤ（徳のある人には災難がかからない）」

父は、小声でそう言って先頭に立った。

丸裸にされた友軍の列には、顔半分を繃帯《ほうたい》で巻いたり、布で肩から手を吊ったりした人もいた。それを横眼で見て歩きはじめると、数台の戦車に出遇った。友軍のそれとは比較にならない大きさであった。アメリカ兵は、住民たちをせき立てるように「イィトマン、イィトマン」と言った。早く糸満へ行け、というのであろうか。

「父がね、あの戦車で、人間を全部潰《つぶ》すんじゃないかねえ、と、ひとりごとみたいに言ってました。誰も返事をしなかったけど、わたしも、そうかもしれないな、と思いました。そこいらじゅうに、見上げるような大男がうようよしてますでしょう。あれたちは、すれちがうたびに、手を上げろ、というしぐさをするんです。まだ武器でも持ってると思ったんでしょうかねえ。みんな、素直にバンザイしましたよ。情けない、なんて考えません。生きられるかもしれない、という希望が出てきたんですもの。それはもう、大変なことですよ。恥も見栄も何もない。だいいち、くたびれきっていますからね。言われる通りにハイハイしました。わたしたちを車になんか乗せてくれませんよ。ハダシでしょう。岩にぶつけたりして傷だらけなんです。血の流れてる、泥まみれの足を引きずって、ノロノロ歩きました」

生命の危機感が薄らいだせいか、渇《かわ》きが突き上げてきた。のどが灼《や》けつくようなのだ。

道端に、大きな水溜りがあった。三、四メートル平方はあろうか。艦砲の穴にちがいなかった。列を離れた二、三人が、いきなり手ですくって飲もうとした。ノブ子さんも走り出た。アメリカ兵が〝ノウ、ノウ〟と飛んできて、ポケットからチュウインガムを出した。

「それが何だか知らないでしょう。父が〝毒物だから口へ入れるな〟って手を振ったんです。アメリカーが、笑いながら自分で噛んでみせました」

彼女は、半信半疑で包み紙を剝《む》いた。馴れない味である。だが、渇きを紛らすことはできた。

「糸満への道ではね、うっかりしたら死体につまずいて転ぶから、よけて歩きました。あの、太い縞模様のあるテントをかぶせたのもあった。兵隊もいた。子どももいた。足が飛んじゃって、ダルマみたいなのも見ましたよ」

家の焼け跡らしい空き地に、松の木が一本あった。裸体を、針金のようなもので木にグルグル巻きにされている人間がいた。直立不動である。

死体は、道のほうへ向いていた。片眼と鼻が陥没している。

「友軍が、最後の抵抗をしたんでしょうかねえ。ふしぎなことにねえ、そういうのを見ても、怖いとも、惨《むご》いとも思わなくなってるんですよ。戦争って、確かに人間の心をマヒさせますねえ」

人びとの歩みは遅く、たびたび休憩もしたので、糸満に近づいたころは陽が傾きはじめていた。アメリカ兵からもらった甘い菓子に、ノブ子さんは思わず舌鼓を打った。父は、頑強に拒否していた。

「学校の運動場みたいな所で、アメリカーがおおぜいで立ったまま輪を作っていた。あれが印象的でしたねえ。暑いんですよ。まだ夕陽が当ってますからね。中で、お産をしてたんだそうです。あれたちは、みんな外向きになってました。見せないように囲っていたんですねえ」

戦車が、何台もつづいてゴウゴウと土埃を立てて通り過ぎた。そのたびに、行列の人は、あわてて道の端か畑の中へまで飛びのいた。そこに死体が転がっていても、戦車は容赦なく轢いて通った。とたんに、人間の原型をとどめない、板きれに化すのだ。ノブ子さんは、一度だけその情景を見てしまった。

ようやく、列がとまった。いま地均《じなら》しをしたばかりのような、荒い土の広場であった。昏《く》れてから、風が出てきた。

「そこで寝ることになったんですよ。炊《た》いた芋の配給をもらいました。みんな、ちゃんと並びなさい、言われて、こんなして掌《て》エ出してね」

屋根も、テントも、囲いもない、ただの野天だった。だが、艦砲やトンボのこない、安堵して眠れる夜がきたのである。生きてふたたびあり得ないと思った、平穏な夜であった。

土の上に、痛い足をソッと伸ばして天を仰いだ父が、うたうように言った。

「イクサユン、シマチ、ミルクユン、ヤガテ、ナギクナヨ、シンカ、ヌチドタカラ」

――戦世《いくさゆ》ん　しまち　弥勒世《みるくゆ》ん　やがて　嘆《なぎ》くなよ　臣下《しんか》　命《ぬち》ど宝《たから》。

《動乱（戦争）の世は終り、やがて、平和な、よい世の中がやってくる。臣下どもよ、命こそ宝である。力を落とさずに、体を大事にして、生きながらえるようにしなさい》

風が父の声を運んで、語尾をふるわせた。

「琉球の王様の歌だそうですよ。いろいろないきさつの末に、やむなく首里城を明け渡すことになった。でも、臣下よ、きっといい世の中がくるから、嘆かないで生きてくれ、と歌ったのです。父はそれを、二度も三度も、繰り返し声に出して、空を見上げていました。その晩は、あっちからも、こっちからも、うれしそうな声が聞えましたよ。体は弱ってるけど、もう、きのうまでとは違いますよね。安心して、生きてる人を呼ぶんですから、誰ちゃーんとか、水持っておいでエ、とかって――。兄嫁と母は赤ん坊につきっきり。おっぱいを飲むって、大よろこびしてました」

イクサユン、シマチ、ミルクユン　ヤガテ、ナギクナヨ　シンカ　ヌチドタカラ

私は、それを小さく口ずさんでみた。ノブ子さんの父の想いが、そくそくと伝わってくるのであった。

ヌチドタカラ、と歌ったのは、第二尚氏十九世、尚泰王《しょうたいおう》である。

全国に廃藩置県の行われた一八七一年（明治四年）、政府は沖縄だけを従前どおり鹿児島県（旧薩摩藩）の管轄下においた。翌年、明治天皇は「尚泰を封じて琉球藩主となし、華族に列す」との詔勅を下した。

沖縄は、遠く十四世紀から、明《みん》（中国）との貿易が盛んであり、進貢使を派遣していた。薩摩藩主島津氏は、そういう沖縄をおさえ、利を得ようと企んだ。徳川家康の許可のもとに侵略の兵を出したのは、一六〇九年（慶長十四年）だった。尚真王の時代（一四七七～一五二六年）から武器を持たぬ国であった沖縄は、島津軍の鉄砲の威力に抗すすべもなかった。以来、薩摩に支配され、過酷な収奪に苦しんだが、依然、中国と深い交流をもつ王国は継続していたのである。

政府は、日本と中国に両属するかにみえる、そのあいまいな態度を責めて、こんどは廃藩を迫ったが、沖縄は応じなかった。一八七九年（明治十二年）三月二十七日、警察官百六十人、歩兵四百人を率いた、大書記官、松田道之によって、いわゆる琉球処分が強行された。六百年間尚家にあった沖縄の統治権は、このときから明治政府に移った。

三月三十一日に首里城を明け渡した尚泰王は、東京居住を命じられた。悲嘆にくれる群臣や住民を慰め、あるいは、軽挙妄動をいましめて、王は、ナギクナヨ、シンカ、と歌ったのである。

昭和十年ごろ、山里永吉《やまさとえいきち》氏作の『那覇四町昔気質《ゆーまちむかしかたぎ》』が上演され、大評判になったという。その芝居の最後の場面で、作者は、東京へ連れて行かれる王に、船上から、別離を嘆く人びとに向って、イクサユン、シマチ――と、この歌を採りあげてうたわせている。

ノブ子さんの父は、暗誦するまでに感動した観客の一人ではなかったか。

いままた、第二次世界大戦という、最悪のいくさ世《ゆう》で、沖縄は十数万人の住民を犠牲にして、無残な玉砕を遂げた。

「あの夜、天を仰いで王様の歌を繰り返していた父を思い出すと、体じゅうが熱ウくなるんです。一生けんめいに農業やって、仲良く暮してた私たちが、何で、あれほど恐ろしい目に遭わなきゃならなかったのかって、腹が立ってきます」

両掌で額をかかえ込むようにしていたノブ子さんは、やがて静かに言葉をついだ。

「毎年、六月になると、喜屋武岬へ行きたくなるんですよ。あの、どン詰まりの崖で生きられたのが、こうしていても、まだ信じられない。沖縄では、マブイーって言います。魂のことです。あそこへ行けば、おおぜいの魂に逢える。そのなかには、わたしの魂もいるような、そんな気持になります」

追い詰められて、岬の岩穴で自決した女子も多いという。彼女は〝まだ十四歳だったし、手榴弾を持っていなかったから、父に従って出る気になったんでしょうね〟とやや自嘲をふくめた言い方をした。

おそい夕食をよばれたあと、私は、喜屋武岬へ行ってみたい、と思いながら、終バスで宿へ帰った。

翌朝、宿へ大山一雄さんから電話が入った。知り合いに、首里の壕でお産をした人がいるが、会ってみないか、と言う。ただし、家の中でジメジメした話になるのは嫌だから、どこかへピクニックにでも行っての雑談ならつき合ってもいい、と言ってくれたそうなのである。

孫が二人いる未亡人だが、会社では三十年勤続のベテラン社員の由。

私は、中一日おいた日曜日の午後を待った。

宿の玄関で、乗用車から降り立ったサチ子さんは、小柄で、いたいたしいほどの痩《や》せ型、顔も白く、小さい。水色の紬《つむぎ》で仕立てたスーツがよく似合っていた。運転は、月足らずの墺内出産だったという子息だが、座席からはみ出しそうな、逞しい体格の人であった。彼女は明るい口調で、

「墺太郎です」と紹介した。

助手席には、屈託なさそうなお嫁さんが、二、三歳の坊やを抱いていた。

「どこへ行きましょうかねえ？」

と、まるで十年の知己のような一家であった。私は、つい厚かましく、喜屋武岬へ、とおねがいした。

後部座席は、サチ子さんと私、あいだに幼稚園児くらいの男の子。

上天気であった。

五月に山城さん夫妻と通った糸満近在の砂糖キビ畑が、やはり青々としていた。

「私もね、こうして車でくれば三十分ほどのところを、まァ、何日も死にもの狂いで逃げ回っていたんですよ。あの子を背負ってね」

と、サチ子さんは運転席を指して微笑した。

「いまではどうか知りませんけどね。戦後、このへんの畑ではカボチャのお化けみたいな芋が穫れたんですよオ。どこにでも人が埋まっていたからでしょうねえ」

白い道が、そのまま海へ突き出た台地へ通じていた。他に、人も車も見えない。岬の突端にある、球型をくり抜いた〈平和の塔〉の周辺が、展望台を兼ねていた。そこは、北端の辺戸《へど》岬に似て、砂浜のない絶壁だった。海上、左手に、鰐《わに》が這った形に陸地がほそく突き出ているが、それも珊瑚礁の骸《むくろ》をつなげたような岩であった。おそるおそる眼を足元に転じた。大きな岩の上に人がふたり、へばりついていた。短い草を採っている様子である。その手前の一段低い岩礁は、パックリ裂けて大きく口をあけている。人間が、何人も落ち込んではさまれているような、無気味な裂け目であった。

当時、首里や那覇の人びとは、一様に島尻へ下がろう、と焦った。島尻郡大里村のノブ子さんたちでさえ、もっと南へ下がれば生きられるかもしれない、と思った。その南の果てがここだったのである。

「あそこで採っているのは、薬草のはずですよ。ウミマーチ（海松）ていって、いまごろは黄色い小さな花が咲くんですがねえ。おできや、子どもの熱によく効くって、私らも大事に持ってたもんですよ」

サチ子さんが、眩《まぶ》しそうに手をかざした。

あの男たちは、いったい、どこを伝って岩へおりていったものか。体をかがめて崖下をのぞいたが、ノブ子さん一家が隠れたという岩穴らしいものは見えなかった。真下の海には、黒緑の藻が恐ろしげな紋様を描いていた。人の姿とも、死体を離れて流れ浮いた衣服とも思える。岩穴は、この崖奥に無数にえぐれ込んでいるのであろうか。

やがて、私とサチ子さんをそこへ残した子息一家は、戦跡公園で遊んでくると言った。海岸沿いの五、六キロメートル東が摩文仁《まぶに》だという。〝滅多に、子どもを連れて島尻へ遊びにきたりしないもんですからね〟と壕太郎さんは笑いながら車に戻り、砂けむりを立てて走り去った。

「戦場が、すっかり観光地になってしまったんですものねえ。私たちには行く気になれないんですよ。それより、私はね、あの子をおぶって逃げあるいたメリンスの帯を、いまでも大事にしてるんです。レモンみたいな、きれいな黄色です。摩文仁で、もう逃げる気力も何も尽き果てた日に、胸の結び目をぎゅっとつかんで〝ああ、いっそ、ひと思いに殺して下さい〟って、地べたに坐ってました。死にたかった。そのほうがよっぽどラクになれると思ったんです」

あどけない、といえるほど、優しい面ざしのサチ子さんである。夏の名残りを思わせるような陽ざしにつつまれて、彼女は海を眺めながらポツリポツリと話しはじめた。


出産予定日は、五月中旬だったという。首里金城町《きんじょうちょう》の壕に、サチ子さんの生母が手伝いにきていた。初産であった。三月二十三日以来の激しい空襲と艦砲射撃で、産婆も疎開してしまった。夫は防衛隊に召集され、義弟も徴用で、屈強の者はいなかった。だが、赤ん坊というのは、自然に生まれてくるものだから、と、当人初め、舅姑も母もそれほど深刻には考えていなかった。舅などは、もういくさは終盤戦のようだから、まさか、五月までにはケリがつくだろう、と楽観していたくらいである。

意外に早く陣痛の始まった、四月二十日の朝は、首里に艦砲射撃が集中した。タマの音がヒュウヒュウと聞えた。彼女は壕の壁に力いっぱい爪を立てて痛みに耐えた。祖母が無理矢理別の産婆を引っ張ってきた。壕の入り口で「初診では責任がもてない」という産婆と「あんたは人のいのちを預かるのが仕事でしょう」とかけ合う母とのやりとりを、サチ子さんは遠い意識のなかで聞いた。

安産であった。

「四斤半しかなかったんですよ。それでも、生まれたとき、私の爪から血が出てました」

四斤半は、約二七〇〇グラムであろうか。中年の産婆は、艦砲の音に動転して、消毒もろくにしないで帰っていった。胎盤の始末も母がすませたのである。

そこは、立って歩いたりはできない、せまい壕であった。妊娠中のサチ子さんもけんめいに掘った、岩盤質の壕である。ただ、中を地下水が通っていたから、上《かみ》で炊事をし、下《しも》でおむつが洗えるので助かった。畳を一枚持ち込んで産床にしていたが、雨の日は地下水が増量して、畳も体もビショ濡れになった。

「あれで、生んでから一日くらいは寝てましたかねえ」

体が軽くなって、敏捷に壕を出入りできるのが何よりうれしかった、と言うのである。

防衛隊で嘉手納《かでな》飛行場にいた夫が、一時休暇を得て帰宅した。そのあたりが、本土の召集兵と異るところであった。

初めての子で、しかも、男子なのだ。舅姑も夫も手放しでよろこんだ。家の、あと継ぎができたのである。

それから三日目。壕の入り口に艦砲が落ちた。明日帰隊する予定の夫は、汗を拭くヒマも惜しんで壕内の水を汲み出していた。

「どういう当り方をしたんでしょうかねえ」

と、サチ子さんはいまでも首をかしげるのだった。かぶさっていた石や土を払いのけても、どこをやられているのか分らなかった。しかし、夫は声も立てないですでに絶命していた。

「天長節（四月二十九日）には、本土から軍艦と飛行機がいっぱいきて、一気に捲き返すんだと言っていたんですよ。もうすぐだったのにって、親たちは情けながりました」

夫はひょうきんな性格であった。壕で生むのだから、男の子なら壕太郎、女の子ならアナ子、と命名しようか、と冗談を言っていた。

「軍隊から、家へ戻してもらってタマに当るなんて、人の運命は分らないもんですよねえ」

産後四日目の出来事であった。

攻撃は日増しに激しくなった。首里攻防戦がヤマ場を迎えようとしていたのだ。至近弾のたびに壕が揺すれて、天井から石ころや砂が降ってきた。サチ子さんは、赤ん坊の顔に食卓用の蠅除《はえよ》けをかぶせた。

彼女は首里から離れるつもりはなかった。生まれ育った町である。首里で死ねば、あとで誰かに骨を拾ってもらえるだろう、と思った。貯蔵してあった、米や豚肉の塩漬も、親たちと惜しげもなく食べることにした。

五月十日ごろでしたよ、と彼女は肩をすくめてヒイとのどを鳴らし、吸った息を瞬時止めて、私を見た。

「友軍がきてね、ここに陣地をつくるからすぐに出なさい、と言うんです。赤ん坊がいるのに、どうしますか、逃げる気持はありません、と言ったら、赤ん坊は置いて行きなさいって。年寄りたちもびっくりして、その夜に壕を出たんです。当てなんかありませんよ。出たとたんに、パンパンとタマがきて歩けない。赤ん坊の鼓膜《こまく》が破れそうなんで、綿で耳栓をして、あっちへうろうろ、こっちへうろうろ——」

道は、艦砲で穴だらけになっていた。穴底へ下りて、また上がって、蟻《あり》が這うように歩いた。土砂降りだった。赤ん坊の頭に着物をかぶせた。ぬかるみに足をとられて何度も転びそうになった。照明弾がユラユラと落ちると、足元がよく見えてありがたかった。最初は、それぞれが米や味噌を少しずつ持っていたが、すぐに捨ててしまった。雨の中を歩くのがやっとだったのである。

夜が明けると、トンボ（アメリカ軍偵察機）が飛んできた。道は、食糧を運搬しているらしい防衛隊員と避難民でごった返していた。軍隊も移動するのか、と舅が絶望的な表情をした。

南風原《はえばる》で、焼け残った民家を見つけて入った。トンボが恐ろしかったのだ。家の中に、何か白いものが動いていた。サチ子さんは思わず手を伸ばした。棚で、蚕《かいこ》が生きていた。

裕福な農家なのであろう、座敷に障子が入っていた。「臭いよォ、臭いよォ」と親たちが鼻をつまんだ。しかし、一日でも畳の上に眠りたかった。そのために艦砲にやられればやられてもいいから、ここにいたい、と思った。彼女が何気なく障子をあけると、人が二人死んでいた。兵隊であった。体がまッ黒に変色して、軍服のボタンがはち切れそうにふくらみ、目や鼻から無数のウジ虫が這い出ていた。せっかく見つけた家であったが、飛びのくようにして出た。

道端の樹の下に仮眠した夜もあった。みんなで岩蔭にへばりついて、いっときの攻撃をやり過ごした昼もある。畑を見つけると、子を母に頼んで芽芋やにんじんをさがした。首里の壕を出てから幾日経っているのか、分らなくなっていた。

誰かが〝富里《ふさと》だ〟と叫びながら走って行った。潰滅したか、ほとんど人家の見えない村だった。日暮れにちかかった。突然、小鳥の群れが飛んでいるか、と思うほど散弾が降ってきた。〝伏せしなさいよオ！〟と母たちに叫んで、地面に這いつくばった。背中の子がむずかった。

あ、やられなかった、と頭を上げると、四、五メートル先に壕の入り口らしいものがあった。暗い中へ夢中で入っていった。何も見えない。彼女は息もつがずに子をおろして、乳を飲ませた。

「赤ん坊をこっちへよこせッ、殺してやる！　って怒鳴られました。奥に友軍がいたんですよ」

サチ子さんは、子どもを殺してまで生きようとは思いませんから、出ます、と言った。舅姑と母は黙ってついてきた。もはや歩く気力はなかった。壕の上のソテツ山に、崩れるように寄り添って坐った。

ここで、みんな一緒に死ねますように、どうか、艦砲が当ってくれますように、と祈った。乳を飲んだ赤ん坊は、背中でよく眠っていた。

「そうしたらね、壕のほうがやられたんです。火焔放射器で焼かれて、全滅しました。もう、アメリカーに知られていたんですね。私らは、子どもを殺すと言われて、ひと足ちがいで出たおかげで命を拾いました」

　夜半、豪雨になった。赤ん坊が泣くので、乳に吸いつかせようとした。彼女の、頭からも肩からもしずくが激しく流れ落ち、雨がしぶいて子の顔を叩きつけた。子は、矢のような雨水にむせてヒイヒイと片息になった。ソテツ山とはいうが、数株のソテツが固まり生えているにすぎなかった。近くへ破片が落ちると、石ころがバラバラと飛んできた。

　朝になった。雨あしが遠のき、乳が飲めると、子はソテツの下で笑顔をみせた。生きて一日が過ぎると、また逃げる気持になるからふしぎだ、と彼女は言う。

　いつか、摩文仁へきてしまっていた。

　海の見える、アダン林の近くで、タコ壺のような小さい壕をみつけて滑り込んだ。

〝戦争が、全然聞えない〟

　と、サチ子さんは不審に思った。砲声がやんでいた。壕からそッと頭を出してみると、木炭を乗せたトラックが走って行った。眼を据えると、それは、歯だけが白い、黒人兵であった。

「あれに捕まったら大変だよオ！」

　壕の奥へ押し固まって、子に乳をふくませた。舅が、こらえきれずに咳をした。

〝ハイサイ（こんにちは）、ハイサイ〟

アメリカ兵ではないようである。しかし、みんなで顔を見合わせるばかりだった。

〝ハイサイ〟

舅《しゅうと》が、思いきったふうに〝ヌウガサイ？〟と応じた。さきに捕虜になった沖縄の男であった。百名《ひゃくな》の収容所からきた、と言った。

「早く出なさい。アメリカーは住民を殺したりしませんよ」

信じられなかった。

「敵だのに、ほんとに殺さないねえ？」

「同じ沖縄人が、どうしてウソを言いますか」

壕の外に、銃を持ったアメリカ兵が立っていた。一緒にきていたのである。

そのとき、別のタコ壺にでもひそんでいたものか、足にゲートルを巻いた、十一、二歳の少年が出てきた。とっさにアメリカ兵が銃をかまえた。一歩遅れて母親らしい人が現われたときは、すでに少年は倒れていた。日本兵と間違えられたのである。

銃をおさめたアメリカ兵は、サチ子さんたちに〝カム、オン〟と言った。少年にすがりついて泣いている人を見向きもしなかった。

彼女は、小刻みにふるえる足を踏みしめた。垢《あか》と泥で、地膚《じはだ》の隠れた裸足である。

壕で燃やした灯りの、山羊脂の煤《すす》で、顔じゅう、鼻の穴まで真ッ黒であった。泥まみれの絣《かすり》のもんぺは、裾が切れていた。

先に立った白人兵が、歩け、と手で命じた。壕へ勧告にきた沖縄人はもういなかった。何をされるのか、不安だったが、言われるままに歩いた。

摩文仁から具志頭《ぐしちゃん》へ向かう道の両側に、戦車で轢いた死体が数えきれないほど捨てられていた。

「頭も胸もぺったンこになって、おせんべいみたいなんですよ。死体が腐って臭《にお》うからわざと轢いたんだって聞きましたけどね」

まだ温かいような避難民の死体も、道端にゴロゴロしていた。

ひょっとして、首里の人がいはしないか、とサチ子さんが足をとめると、母があわてて手を引っ張った。引率のアメリカ兵が、ピュウ、と口笛を吹いた。

「神様だから、見ないフリをして通りなさいと、母は言うんです。私はお産したばかりの体ですしね。沖縄では、丈夫な人でも、死人を見てマブイー（魂）が落ちたら、フウラ、フウラになるっていわれてるんですよ」

彼女はそのとき、ふと、いつも座敷に掲げてあった額縁の写真を思い出したというのである。

——戦争に敗けて、天皇陛下はどうなったんだろう。

「教育の力って、恐ろしいものですね」

そんな彼女に、カメラを向けているアメリカ兵がいた。〝ヘイ、ベィビー〟と笑っている。

「私は背が低いから、アメリカーから見れば、十歳くらいの子どもが赤ん坊をおぶっているようで、珍しかったんでしょうね。顔を隠して、トボトボと歩きました」

百名《ひやくな》に着いた。そこには、首里の市長も捕虜として収容されているという。観念するよりなかった。彼女たちは、百名にとどまらずに、志喜屋《しきや》へ行けと命じられた。曇り日ではあったが、垢だらけの首すじに汗が流れた。やっと行き着いたと思うと、収容の余地がないとかで、さらに垣花《かきのはな》へ移動させられたのである。

「垣花で地べたに雑魚寝《ざこね》した晩は、ああ、天国だなあ、と思いましたよ。配給のウムニー（芋）はもらったし、タマのくる心配はないしねえ」

収容所で赤ん坊を抱いていると、女たちが珍しがって寄ってきた。

子どもを壕に置いて逃げた人がいた。夫は防衛隊だという。生後三か月の赤ん坊と三歳の女児を置き去りにしたのだった。〝笑いよったのに……〟と、サチ子さんの前で放心していた。二日後に捕虜になったというのである。

――どうして、すぐに壕へ連れに行かなかったの？

――捨てた子の死に顔を見に行けますか。

その人は、やがて狂ったようになって百名の孤児院へ子をさがしに行ったけど、と彼女は首を横に振りながら言った。

壕太郎さんたちの車が戻ってきたようである。気がつくと、陽がだいぶ西へかたむいていた。手を上げてこちらへやってくる姿は、巨体ともいえるくらい大きくみえた。彼には立派な名前があるのに、私はどうしても〝壕太郎さん〟と呼びたかった。月足らずの赤ん坊が、母の背でタマをくぐり、雨に濡れて一か月も戦場をさまよいあるいた。病院でぬくぬくと生まれ、腫れ物に触るように扱われる赤ん坊にはない、勁《つよ》い生命力を感じさせるのである。

お嫁さんが、風に散る髪を押えながら彼を追ってきた。若い子連れの、のどかなピクニック風景であった。

サチ子さんは、と見ると、遥か右手の海を眺めていた。慶良間《けらま》列島が薄墨色に浮かんでいる。沖縄戦で、アメリカ軍が最初に上陸した島々である。昭和二十年三月二十八日、列島中最大の渡嘉敷《とかしき》島で、老幼婦女子をふくめた住民七百名が、集団自決をした。

彼女はゆっくり視線を戻して、風に吹き消されてしまいそうな小声で言った。

「じつはねえ、母方の祖母が、あの戦争で行方不明のままなんですよ」

八十歳だった祖母は、足が弱っていた。早くに北部への疎開をすすめたが、頑強に拒みつづけた。首里を離れたくない、というのである。

「動けないおばあさんを、連れて逃げられる状態ではなかったんです。本人も、覚悟していたのか、壕の中で静かに坐っていました。沖縄にはね、隠徳モーキン（儲ける）という言葉があります。運、とも違うんですよ。いい行ないを積んでおけば、自分のためではなく、子孫によい報いがある。つまり、おばあさんにそういう〝徳〟があれば、生きられるだろう、と思って別れるより仕方なかったんです。あとで、養老院やいろんな施設をたずね回ったけど、駄目でした。遺骨も見つかりません。いまでも気持が休まらなくて、しょっちゅう供養をしているんですけどねえ」

私らは、艦砲の食い残しですからね、と彼女は淋しそうに笑った。みんなが艦砲に食われて亡くなったなかで、こうして生き残ったのは、艦砲の残飯だ、と言うのだった。

「おばあさんは、最後を見届けられなかっただけに、よけい諦めにくいんですけどね。

主人がやられた、あの日の破片で、十二歳だった、主人の弟も即死してるんです。涙なんか、出ませんでしたよ。泣けるっていうのは、まだ生易しいんです。戦争がすんでも、二、三年は涙を忘れていました」

ま、それでも私はしあわせなほうだと思いますよ、と、壕太郎さんの姿を眼で追った。

「ほんとうはね、大山さんにも何度かお断わりしたんですけど、戦争のことはあんまり話したくないんです。傷口はまだヒリヒリしてます。でも、いまさらどうにもならない、絶対に取り返しのつかないことですからねえ」

壕太郎さんが呼んでいた。車では、遊び疲れたのであろう、母に抱かれた子が、ぐったりと眠っているようであった。

いつのまにか、岩で薬草採りをしていた人影も消えていた。岬には、私たちのほかにはもう誰もいなかった。

落日が、ウソのように大きく、赤く、空を染めている、喜屋武岬である。血の色、としかいいようのない光彩が、眼下の岩礁の裂け目深く射し込んでいた。

第三章　いくさ世《ゆう》

十一月に、首里《しゅり》石嶺《いしみね》町のノブ子さんの家を訪ねた日は、夜遅くまで話し込んでしまった。その別れぎわに、彼女が意外なことを言ったのである。

「稲嶺《いなみね》の排水溝に隠れていたとき、入れてほしいって頼みにきた人たちがいたって話したでしょう。わたしの父が〝イバサヌ、ナー、イジチンナランサー（狭いから、あなた方を入れるわけにはいかないよ）〟と断わってしまった——。ふしぎな縁ていいますかねえ。戦後、父はあの中にいたひとを、二番目の兄の嫁にしたんですよ。セツ子っていうんですけどね、あの頑固者の父が気に入って決めたんです」

当時、ノブ子さんが必死で泉《カー》へ通っておむつ洗いをした子の母は、長兄の妻である。夫妻ともに健在で、大阪に住んでいるという。

「ともかく、稲嶺部落は全滅ですからね。戦後、アメリカーが戦車で平らに地均《じなら》しして使ってたようですよ。わたしたちが自分の部落《シマ》へ帰れたのは、一年くらいあとなんです。そのころに、満洲へ召集されてた二番目の兄が帰還して、そりゃ、死にもの狂いで働いたんです。それでやっと、のっぺらぼうにされた元の敷地に家をつくった。いまは、兄が勤めて、嫁姉さんはキビ畑をやってます」

　セツ子さんの生家は、同じ稲嶺でキビ畑三町歩をつくる、裕福な農家だったそうである。それが、二十年五月に、家を焼かれ、父は防衛隊で戦死した。祖母、母、妹二人を爆弾で一度に喪《うしな》い、屋敷跡は三十三年後の現在も草ぼうぼうだという。

「いまでも、戦争の話が出ると〝あんたのお父さんに、排水溝へは入れてやらんよオって、あんなにされたさ〟て言います。気性のさっぱりした嫁姉さんだから助かりますけどね、つらいですよ」

　その排水溝が、まだ原型をとどめているのだそうである。ついでに嫁姉さんも紹介するから、いつか一緒に島尻へ行ってみよう、と誘ってくれるのであった。

　私の島尻行きが実現したのは、翌五十四年二月である。三度目の沖縄なので、いくらか地理に明るくなっていた。

東京は真冬なのに、那覇は昼間の気温が二〇度。薄地のワンピースでも、歩くと汗がにじんだ。

いつものところに宿をとった私は、ノブ子さんと待ち合わせて、首里観音堂前から開南《かいなん》行きの銀バスに乗った。何やらふくらんだ紙袋を提げた彼女は、やはり髪をネッカチーフでつつんでいた。

与儀《よぎ》公園前で、船越《ふなこし》経由、港川《みなとがわ》行きに乗りかえた。風のつよい、日曜日であった。

バスの中での話。

——沖縄はせまいですからねえ。こんなにして、わたしはよく田舎へ帰るんですよ。

——あの嫁姉さんはね、戦争で両親を亡くしたでしょう。七歳の弟と十三歳の妹をつれて、わたしの兄のところへ嫁にきたんです。姉さんは、かぞえはたちだったから、昭和二十二年でしたかねえ。父が、セッちゃんはいい娘だよって、満洲から帰った兄にそう言ってたのを覚えています。兄も、幼馴染《おさななじみ》のあの姉さんが、好きだったのかもしれませんねえ。あんな時代に、きょうだい三人だけになった一家を、全部引きうけたんですからね。

バスは、じきに広い舗装道路から泥道へ入った。ゆるい起伏の両側はほとんど畑だった。土埃を立てて二十五分ほど走ると、丘の中腹にあるバス停〈稲嶺〉に着いた。降りた客は私たちだけだった。下方に家が何軒か固まって見えるほかは、高地あり、谷間《たにあい》ありの緑一色。島尻郡大里村《しまじりぐんおおさとそん》である。

ほそい、曲りくねった道を下って行く途中で「ああ、ここですよオ！」とノブ子さんが足元を指さした。

「いまは使われていない排水溝だから、この通り草だらけだけどね。バス道路をくぐって、向こうまで通じているんです。六家族が、防空壕代りに二か月も暮したんですからねえ。バス停の東側に見えたキビ畑が、当時友軍の壕のあった鏡が丘ですよ」

――あ、ノブちゃん、よくきたねえ。

――ねえさん、こんにちはア。

地味なブラウスに紺のスラックス。手には、よく切れそうな鎌一丁と花。ブーゲンビリアの小さな束であった。昭和三年生まれだという、セツ子さんである。陽灼けした、童女をおもわせる丸顔だった。しきりにあいた掌で片瞼《かたまぶた》を押えていた。

――きのう、畑で蜂に刺されてしまうてからに……。

ユイマール（結《ゆ》い。農家が人手を出して助け合うこと）で、隣家のキビ倒し（砂糖キビの刈り入れ）を手伝った帰りだという。

――この排水溝なんか、いまじゃもう、一人の体も入りきれんさねえ、アハハ。

背を反らせ加減にして立ち止まったセツ子さんは、屈託のない声を立てた。小柄だが、むっちりとふとって若々しかった。

伸び放題の雑草におおわれた、ただの窪地のような、かつての排水溝である。のぞいてみると、幅も深さも約一メートル。両壁も底も、石か、コンクリートで固めてあった。三、四メートル先からは暗渠《あんきょ》。上が道路なのだ。

ノブ子さんがヒラリと降り立った。水はないが、朽葉で足が滑ったか、彼女は、アと言って萱《かや》に似た太く長い草をつかんだ。

「危ないから降りないで下さいよオ。わたしは大丈夫。子どものときでさえ、ここから一日に何回も飛び出して泉へ行ったんですもの。タマもくるし、アメリカーもいたのにねえ」

二十六人が、一列縦隊でひしめき合っていた溝である。地下壕とちがい、のぞけば中がまる見えだし、こんな道端では出入りする姿も目立ったであろう。

排水溝に向って左手に、大樹が一本、鬱蒼《うっそう》と枝を張っていた。想思樹だという。根元に、幣帛《へいはく》に似た白紙と供物の小皿があった。泉は、さらにその奥。湿地に古い板きれや石が散らばり、元の井戸枠《わく》や足場の跡がうかがえた。

沖縄では滅多に川を見ない。私は、まだ一度も清流に出遇ったことがない。数少ない自然の泉を、人びとは川《カー》、あるいは泉《カー》といい、井戸ともよんでいる。水道が普及した現在でも、かつて唯一の生活用水であった泉を、神聖な場所としている様子なのだ。ノブ子さんは、ここが稲嶺部落の起源だと言った。そこに泉があったので、人が住みついた、ということか。

溝の中の彼女は、底の朽葉にしゃがみ込んだり、膝を曲げ、肩をすぼめて歩いてみたりしていた。雑草と戯れているようにみえた。

ふと、気恥ずかしげに私を見上げた眼がうるんでいた。

——十四歳の彼女が、この溝を出て、濃い眉を上げ、素早く周辺に眼を配っては泉へ走った。そこまで、一四、五メートルはあろうか。バス停の向かいの壕から日本兵が再々米搗《つ》きを命じにきたというが、そこも三〇メートルとは離れていない。砲弾が飛び、アメリカ兵が跋扈《ばっこ》するなかで、兵と住民とが雑居していたといえよう。

やがて、部落じゅうの家が焼き払われ、アメリカ兵による、軍民無差別の掃討戦が始まった。排水溝は、砲弾のショックは防いだが、音はまる聞えだった。長兄の妻の抱く赤ん坊は、至近弾のたびに眼を吊り上げておびえた。溝には、脇腹の傷口にウジのわいた老女もひそんでいたのである。

草の葉からこぼれた陽光がくっきりと縞模様を描く、しずかな古溝は、いまはもう何も語らない。

溝の下手《しもて》左に、白い、真新しい洋風の家が一軒。その前の小道をさがると、キビ畑。つづいてが、セツ子さんの家、つまり、ノブ子さんの生家であった。ほそい坂道の右手には、鉄筋を打ち込んだ家が建ちかけていた。

ブロック塀の中、玄関の前に、とっくりヤシが一本。並んで、芭蕉《ばしょう》が葉をひろげていた。ノブ子さんが育ったころは、そのあたりに山羊や馬の小舎があったという。いまは、玄関脇に物置ふうの別棟があるのみ。

頑丈な格子戸をあけて、セツ子さんが「さア、どうぞ」と言った。そして別棟の小舎へ入り、すぐに出てきた。花を置いてきたらしい。

「ノブちゃん、きょうはね、那覇のマツ小母さんもくるはずよオ。うち（私）に、畑でかぶる帽子を持ってきてくれるって――」

彼女は、私たちを床の間のある座敷へ案内して姿を消した。まもなく、油の焦げる匂いが漂ってきた。

「ねえさーん、ご馳走なんかこしらえなくていいよオ！」

「沖縄には、何も珍しいものはないさねえ。上手にはできんけど、サーターー（砂糖）天ぷらでも食べてもらおう、思うてよ」

声と一緒に、大きな丸盆を持ったセツ子さんが現われた。

穴のないドーナツのような菓子であった。卵と小麦粉の揚げ物だが、水をいっさい使わないので日保ちがするそうである。一名、三月ガーシー小《ぐゎ》ともいう。沖縄では、この小《ぐゎ》という接尾語がよく使われる。芋ぐゎ、箱ぐゎ、というぐあいに。

「戦争のはなしねえ――」

セツ子さんは、まるい掌とくびを同時に振ってみせた。

「うちらは標準語がうまくできんからねえ。いまでも、ここいらはみんな方言ですよ。標準語に直すのは面倒臭いし、意味がぴったりせんような気がしてさ。子どもらにも、そういうときはなるべく口をつぶっていなさい、言われてるしね」

温かいサーターー天ぷらがおいしい。

〝それにねえ〟と、彼女はノブ子さんと顔を見合わせた。

「まア、あの戦争は、実際に遭わん人に何を言うても、ほんとうには分りきらんさ。大変だったよオ、と言うてみたって、うちの子どもらでさえ、何を昔ばなししゃべっとるかァ、みたいにキョトンとしとるもんねえ。遭わん人が、アタマで想像できるような有様ではなかったからよ。本土の人には、だいいち沖縄のせまさもよう分らんだろうしね」

セツ子さんは、虫刺されの瞼を気にしながら座卓ににじり寄った。

「何を、どんなにしてしゃべったらいいかねえ」

素朴な、人なつっこい物言いである。ノブ子さんは無言。

廊下をへだてた隣室の大型テレビが、映像ではなくて、壁に掛けられた白いシャツをぼんやりとうつしていた。

「わッたア（私は、という意味の方言らしい）あのとき、十八歳よ。いちばん先に、おばア（祖母）が、ウン、と言うてやられて、それっきりだった。お母アも一つタマでやられたのよね。あの晩は、星も月も出とらん、ほんとの闇夜《やみよ》だったさ。お母アは、足イ伸ばしてよ、こんなして弟に乳飲ましてた。五歳だけど、体の弱い子だったからねえ。やられてすぐ、弟をうちに抱かせて倒れてしもうた」

そのとき、彼女の横にいた十六歳の妹が〝セッちゃんよオ、肩やられたよオ〟と大声で喚きながら膝に這いのぼってきた。

「うちは、そんな大声出したらまたタマ落とされるよ、言うたけど〝苦しいよオ、水飲ませてよオ〟て、こんなだった。五分もせんうちおとなしくなったさ。何でかねえ、て、暗うて顔分らんしね。鼻のとこにそッと手エやってみたら、息してないわけ」

母のそばにいる八歳の妹も声を立てない。

「わッたア、どうしていいか、アタマもうもうして、わけが分らんかった。弟は、どこも何ともない。お母アは、膝から下を両方とももぎ取られてよ。それでもまだ気はしっかりしとった。下の妹のこと触って、あかんさ、言うてね。うちに〃逃げなさい、早う逃げなさい〃言う。〃お父ゥには、いつかかならず会えるだろうから、弟おぶって逃げなさい〃て。まわりに、おばアと妹二人が死んどるいうのによオ」

そこは、壕ではなくて、ただの樹の下だったのである。

「ヤマトの兵隊が追い出すから、あのじぶんに、民間で壕に入れた人なんかいなかったはずよオ。みんな、うろうろ逃げあるいて、頭だけでも隠せる場所が見つかったら、よろこんで坐っていたさ。照明弾がきて、昼間みたいに明るうなっても仕方ないさねえ」

昭和二十年六月十九日未明。摩文仁《まぶに》でのことであった。

「うちは、弟抱いて、膝ンとこで死んどる妹見ながら言うたさ。お母アよ、わッたア、親無しになって、これからさきどうやって生きてゆけるねえ。もう、ここで一緒に死ぬよ、てね。伏せもどうもせんで、じッと坐っとったのによ、うちなんかには、タマは一つも当らんさね。弟は、トシの割に小さい子だった。お母アが三十七歳で生んで、お乳も十分でなかったからね」

彼女は、そこで大きく息をのんで窓のほうを見た。ガラス障子にうつっている芭蕉の葉影が揺れていた。〝お母アはねえ〟と言ってから、視線を戻した。

「戦争がひどくなってからは、毎日、夕方になると天を拝んでいたんですよ。〝きょうも一日、みんなの命が助かりました。ご先祖さま、あしたもどうか見守って下さい〟言うてね。そのお母アが、妹らの名前呼びながら、アレ（妹）だちはよかったねえ、と言うたさ。すぐに死ねんのがつらい。いっそ、自分もこんなふうに苦しまずに死にたかった、いうわけ。だんだん、口をきくのが難儀そうになってきた。それでもねえ〝男の子どもを失うと家が滅びてしまうから、この弟だけは、何とかして生かしなさいよオ〟言うてからに――」

空が仄《ほの》明るくなってきた。砲声はやんでいた。母が、血の浸みた地面に顔を伏せたまま動かなくなった。セツ子さんは、声も出せずに放心していた。

「朝になってしもうた。いつ、つぎのタマがくるか分らん。やっと正気になって、死んどる妹を膝から下ろして寝かせてよ。おばアとお母ア、妹二人、ごろッと死人ばっかり四名前に置いて、涙一滴出んかった」

セツ子さんの生家は、四月二日に空襲で焼失した。稲嶺部落の西端に近かった。それからは、家の裏にある小さな手掘りの壕に住んでいた。艦砲の休憩時間、と彼女はわらうが、午後五時にはきまって静かになった。いそいで芋を煮て壕へ持ち込んで食べる、そういう生活をしていた。五月二十幾日であったか、と首をひねるのだが、至近弾の衝撃で、壕が半ば埋まってしまった。落盤である。彼女が先頭に立って土を掻き分け、最後に祖母を引っ張り上げて外へ出た。

ノブ子さん一家のいた、例の排水溝へ行ったのである。しかし、そこへは入れてもらえず、七人は当てもなく南へ向って逃げおちていった。目取真《めとるま》を通り、船越《ふなこし》で一夜を明かした。

「ずうーッと雨ばっかりでねえ。ぐしョ濡れになって、こんなして、弟おぶったうえに、頭にも荷物のせてよオ。敵が船越まで攻めてきてるから、あと一日おいたらアメリカーに捕虜される、言われてね。いま考えれば、そのとき捕まっとけば、お母アもみんなも命拾うたのによ。これではもうどうにもならん、いうわけで、難儀して歩いてからに、四名も死んでしもうたさ」

船越から前川へさがって、焼け残ったガジュマルの下に隠れたときであった。まだ陽が高かった。遠くで、タマの落ちる音がつづけざまに響いていた。

そこへ、二、三歳の男の子と母がへたりこんできた。子が水を欲しがって泣いていた。若い母が〝ヨシ〟と言ったかと思うと、つと空き缶を持って向こうをむいた。子が黙った。小水を飲ませたのである。

「捕虜されてはならん、とそればっかり考えて、昼隠れては夜になったら夢中で歩いた。どこへ行ったらいいか、分らん。ただ、歩いてる。おばアなんか、哀れしよったよオ。足が遅れるからね。眼玉飛び出させて、フーフーしながらついてきおった」

新城《あらぐすく》、具志頭村《ぐしちやんそん》の玻名城《はなぐすく》、仲座、真栄平《めえでら》、とさまよい歩いた。

「あれは、真栄平の辻だったかねえ。友軍の兵隊が、死骸の片足を引っぱって、下の畑のほうへゴロッと転がしとった。道イ邪魔して歩けないからって、そんなだった。まだ息があるかもしれんのによ。うちもね、死んだらああして動物ぐゎみたいにされるんかねえ、と思うたさ」

摩文仁へ出たのは、六月十八日だった。樹の下に固まり合って夜を待った。もう海の近くまできてしまっていた。逃げてみようがないのである。タマの音がするたびに腰を浮かせはするが、動けないでいた。四人がやられたのは、その深更であった。

セツ子さんは、家族の死体のそばに呆然と坐っていた。十一歳の妹も、五歳の弟も、おびえて彼女にとりすがるばかりだった。

陽が射しはじめていた。彼女はふと、冷たい、と思った。モンペが血で濡れていた。雑巾を絞るように膝がしらをつまむと、ジクジクと血汁が垂れた。

どこからか、ガヤガヤと人声が聞えてきた。弟を背負った。無言で妹の手を引いて立ち上がってはみた。だが、もはや、何をする気力もなかった。

「摩文仁の丘から海岸へおりたら、もう、糸満《いとまん》と具志頭《ぐしちゃん》の両方から敵にはさまれてて、逃げる場所なんかないのよ。どうにもならん。うちはね、海岸のアダン葉アの下を這うようにして歩きながら、妹に言うてきかせたさ。おばアも死んだ。お母アも死んだ。みんな死んでしもうた。そこの海の底をぐってよ、三人で死んだ人のところへ行こうねって――」

海に足を入れようとした彼女に〝動いたら撃たれるよオ〟とささやいた男がいた。

「その人がね、白いシャツをこうやって両手でひろげてからに、うちにもついてきなさい、言うのさ。顔上げて見たら、そこに上半分裸のアメリカーが、鉄砲かついで立っとった。そんなこと知らんと、うちらは海へもぐって死ぬつもりだったのよ」

撃つ気配はなく、アメリカ兵は一緒に出た男に何やら言いながら、身体検査を始めた。

「何をしゃべっているのかも分らんし、うちはもうブルブル震えていたさ。何で、もっと早くに海へはまってしまわんかったかと思うてね。陽がカンカン照ってきて暑かったのによ。どうしても震えが止まらんかった。アメリカーて、初めて見るさね。ヒージャー（山羊）みたいな眼エして、背も、こんなに大きいし、殺されるにきまっとる、とね」

いつか拾った日本軍の宣伝ビラを、彼女は心の中で反芻《はんすう》していた。捕虜になったら、アメリカ兵は、まず女を凌辱したのち、樹にしばりつけて、鼻を落とし、耳をそぎ、手を切って殺す、というものである。友軍の警告を、信じないわけにはいかなかった。ぐい、と妹を引き寄せ、海へ走ろうとして体をよじると、両側から強い力で腕をつかまれた。

その鉄砲で撃って下さい、と彼女は手真似で頼んだ。陽に灼《や》けて赤い顔をしたアメリカ兵が〝ノウ、ノウ〟と笑っていた。

「わったア、お母アの着物で弟をおんぶしてたしよ。顔には、もうだいぶ前から釜底のススを真っ黒けにつけてた。髪もうしろに一つにくくってからに、どこから見ても婆さんさ。若い娘はアメリカーにおもちゃにされる、言われてたからね。足はハダシで垢まみれだしよ。アタマはシラミいっぱい。厄ジラミ、いうとったけど、ペターッと糊で貼りつけたみたいにシラミがひっついとった。女はみんなそんなだったさ」

私は思わずセツ子さんの足を見た。小さな足だった。素足で暗闇の戦場を逃げ回ったというのに、よくこの小さな蹠《あしうら》が破片も踏まずに無傷ですんだものである。

「そのアメリカーが、ポケットから小っさい箱ぐゎ出してからに、タバコ四本くらいとパンか何か入ってるヤツ、食べなさい、してるわけですよね。毒を食べさす思うてからに、要らん、て手エ振った。男の人は、タバコに爆発するタマが入っとるのかねえ、て怖《こわ》がっとったさ」

アメリカ兵は、馴れた手つきでタバコを吸い、菓子を食べてみせた。それでも手を出さないでいると、仕方なさそうに、車に乗れ、と手で指した。

「国防色した、GMCよ。いま自衛隊で使ってる、ダンプカーみたいな大きな車。十五名くらい乗るさね。みんなであれに乗せられたときは、どこへ連れていって殺す気かねえ、と思うていたさ」

じきに車からおろされた。すっかり日が暮れていた。地名は分らないが、そこにはおどろくほど多くの人が集まっていた。彼女は、生きて捕虜になどなってしまったのは自分たちだけだ、と思っていたのである。

ああ、まだこんなにたくさんの人が生きていたんだなあ、と、そのときからいくぶん気持が落ちついた。

「おなかはペコペコよね。見たら、みんなは何かもらって食べてるのさ。何かねえ、毒でないかねえ、と思いながら、うちがまず箱ぐゎあけて食べてみた。どこも痛くなってこん。大丈夫だねえ、て弟や妹にも食べさせてよ。その晩は、テントも何もなくて、地べたにこんなして固まって眠ったけど、もうやられる心配がないから、ほんとにしあわせだったよ。捕虜された晩は晴れてたけど、つぎにテントで寝た日は雨だった。でもね、安心したせいか、恵みの雨みたいな気イしてよ。かえって涼しくていい、なんてね。逃げてるときの雨は、あんなに大変したのにねえ」

その翌日、また車に乗せられて着いたのが、知念村《ちねんそん》であった。彼女は、いちめんの血がゴビゴビに乾いたままのもんぺをはいていた。恥ずかしかった。

「洗ってよ、誰も通らんテントの裏へ干したけど、汚れたパンツ一つで、テントにへばりついて待っとる時間のながかったことがねえ」

思い出したくないさね、と苦笑したセツ子さんが、つと立った。

「さっき、いそいでお花だけ置いてきたからね、お水も供えてくるさ」

何のことか、と私も思わず腰を上げた。彼女は、玄関脇の別棟へ入っていった。

二月十九日である。祖母と母、妹二人の月命日《つきめいにち》だったのだ。セツ子さんの生家は、戦争による父母きょうだいの死で絶家していた。

沖縄では、こういう場合にも、妻の実家の位牌は、母屋の仏壇には合祀しない。娘の婚家の仏と一緒では、気兼ねで魂がやすまらないからだ、ともいわれる。

彼女は、幼い弟妹と、四柱のトートーメーを持ってこの家へ嫁したのである。

別棟には、薄暗い土間と、畳二枚ほどの板の間があり、小机に位牌がぞろりと並んでいた。粗末だが、掃除の行き届いた、ひとつの仏間であった。

彼女は、掌を合わせたまま、うしろの私に言った。

「来年あたりにはね、あのとき五歳だった弟が、ブラジルから戻ってくるはずよオ」

暗い別棟から出ると、塀の外から彼女を呼ぶ声がした。

「あ、小母さんねえ？　お客さんだけど、かまわんよオ、どうぞ――」

門中《もんちゅう》（一門、親類）の一人だという。その人を待たずに、セツ子さんは私をうながして家へ入った。那覇のマツ小母さんは、と彼女はかいつまんで説明した。嫁してすぐ沖縄戦に遭い、夫は戦死。逃げる途中で舅《しゅうと》を見失った。戦後、婚家にとどまり、姑《しゅうとめ》を見送ったあとはひとり暮し。現在、クリーニング屋の店員。五十八歳。

「バス停からいそいできたら、汗かいちゃったよ。セッちゃんとこ、本土のお客さんね。ちょうどよかった。ソーキ骨（豚の肋骨）と、いい肉を少し持ってきたから、上等のチャンプルーでもご馳走したらどうかねえ。沖縄の家庭料理だからよ。私が作るから、ノブちゃん、あんた、とうふ買うてきてね。あ、お客さんと一緒に行けば、そのへんも案内できるしさ」

マツさんは、小気味よいほどシャッキリとしていた。中肉中背、色は浅黒いが、目鼻立ちがくっきりと彫りが深い。パーマの短い髪をうしろに小さくまとめ、せまい額、洗いっぱなしの頬が健康そうに光っていた。彼女は、白いブラウスの袖をめくりながら、セツ子さんと台所へ入っていった。

ノブ子さんと私は、言われるままに外へ出た。東京の初夏のような暖かさと、すがすがしい空気に、思わず深呼吸をした。

昭和二十年には、おびただしい死体と、艦砲の大穴を、アメリカ軍の戦車が轢《ひ》き均《なら》したという部落である。

家の前の坂を下りて行くと、途中にブロックを積んだ、かなり大規模な豚舎があった。下りきった、右手が公民館。その前のガランとした広場にブランコが一台。そして、ガジュマルの大樹が枝々から無数の長いヒゲを垂らしていた。その幹に、アバタのような穴が数えきれないほどあった。弾痕だという。

戦火で枝は焼かれたが、部落中で、この幹だけが残った。樹に抱きついたノブ子さんが、純白のスカートを風に踊らせて、幼女のようにぐるぐると巡ってみせた。垂れたヒゲがそのまま根付いて繁殖するガジュマルの下は、地盤が頑丈で崩れにくいというので当時兵隊が壕を掘った。しかし、いまは跡形もなかった。

そのガジュマルの枝が日蔭をつくったであろうあたりに、池があったそうである。部落に日本軍が駐屯していた、昭和十九年のころ、そこへ芋を洗う女たちが集まった。弾《はじ》けるように声高《こわだか》に笑う、陽気な娘が多かった。手をとめておしゃべりに夢中になっていても、すべすべした小麦色の足は、無意識にザルの芋を転がしている。ノブ子さんも、そしてセツ子さんも、そのなかの一人であった。

無数の弾痕をとどめるガジュマルは、明るい村娘たちで賑わった、かつての水場風景をも知っているのである。

広場から小路を左へ抜けると、土埃の立つ辻へ出た。見渡すかぎりススキ野原のような白い穂の、砂糖キビ畑だった。

キビは、春に植えつけて秋に刈り取るときまってはいない。一年半が一周期ということだが、四、五年は株を残して刈ってもまたそこから伸びる。畑は、人の背丈ほどのもの、もっと高く伸びた場所、あるいは新しく植えられた細く若い株、とさまざまだった。

辻の一角に、食料品と雑貨を商う新店らしいのが一軒。アルミサッシの戸の中には、ジュースや牛乳のケース、低い台にパンや菓子、玩具の類、トイレットペーパーや洗剤などは棚に剝《む》き出しに並んでいた。

五十年配のおかみさんが、奥からビニール袋に入れたとうふを提げてきた。少し、固そうであった。ノブ子さんは、ついでに菓子も買った。ゴタゴタと雑多に並ぶ商品のあいだを、おかみさんは、ゆったりと、のけぞり加減に往き来した。愛想も言わず、悠揚せまらぬ女丈夫の風格である。彼女も戦争をくぐり抜けた一人なのであろう。陽灼けした頰をゆるめることなく〝ノブちゃん、元気みたいねえ〟と言って品物を渡した。

「この店も、つい最近できたんですよ。ここは全滅部落ですから、昔の面影なんてありません。家らしいのが建ちはじめたのは、やっぱり復帰後ですね。戦争後一年くらいで解放になって、わたしらはやっと部落《シマ》へ帰れたんですけどね。どこもあんまり平らにされていて、これが自分のシマかねえ、と思うくらいでしたよ」

あ、あの家も全滅です、と彼女は歩きながら何度も指をさした。家と家とのあいだに、ぽっかりと草だらけの空き地がある。かと思えば、家はなくて、ブロックの簡単な塀囲いだけのところもあった。

そういえば、私は那覇やその近郊でもこういう風景をよく見かけた。知らずに通ればただの空き地である。まさか、戦争で死に絶えた家だなどとは考えてもみなかった。

「あの排水溝にいたじぶんだって、まだ日本が敗けたりはしない、と信じていたんですよ。バカみたい、と思われるかもしれないけど、本気でヤマトから連合艦隊がくるのを待っていたんです。兵隊がそう言ってましたしね。だから、この部落の人は、米搗きも壕掘りも真剣に手伝ったんです」

彼女は、帰途、弾痕のあるガジュマルの下へくると、少し休んで行こうと言った。ハンカチを敷くでもなく、泥を払うでもない。いきなり根元に坐って樹を見上げている。

通行人もなく、子らも遊んでいない。どこかに野性的な南国少女をおもわせる彼女の姿は、額縁に、大樹と空の碧《あお》さを背景にして嵌込《はめこ》んだ、一枚の絵であった。

玄関をあけると、高い声が飛んできた。

「あんまり遅いから、とうふなしのチャンプルーになるか、と思うたさ」

それは、豚肉と、にが瓜をはじめさまざまな野菜、とうふを油炒《いた》めにした、ボリュームのある、応用自在の料理だった。野菜を少なくしてソーメンを加えれば、ソーメンチャンプルーになる。

夕食にしてはまだ外が明るかったが、すすめ上手でもあり、アツアツでおいしいのでつい箸が動いた。

「ここの家へ集まると、誰からということなく、かならず戦争の話が出るんですよねえ。三十三回忌もすんだし、もう、あんなつらいことは早う忘れてしまいたい思うのに、やっぱり抜けられんさねえ」

マツさんは、焦茶《こげちゃ》色のほそ長い紙巻きタバコをうまそうに吸った。

「うちの主人も、防衛隊で島尻へ下がる言うて出たきりですよ。広報には与座岳《よざだけ》で戦死とあったけど、どうですかねえ。ここの部落も、死骸が一年も片付けきらんと転がっとったらしいから、どこの誰かなんぞ分からんでしょう。ほんとは、そういう、魂も取れんスーコー（焼香＝法要）は意味ないですよねえ。防衛隊でなくて、一般住民でも、一家全滅では骨拾う人もないしね」

本土の人にこんな話をするのは何だけどねえ、と彼女は食後のお茶を飲んでいたノブ子さんたちを見た。

「友軍はね、あんまり精神よくなかったですよ。情けの薄い、わるい人が多かった。もともと、兵隊さんは沖縄を守ってくれるわけだったでしょうがね。それがあんた、けっきょくはうちら住民を虐待してよ。泣くからと言うて子ども殺したり、食糧盗んだり、住民の掘った壕を占領して女子《おんな》どもを追い出したですからねえ。あれらはかならず言いおった。住民なんかどうなってもいっこうに差しつかえんが、日本の兵隊が一人でも死んだら戦争に勝てん、とね。なに、アメリカーは民間人の壕にはタマをぶち込んだりはせんからね。友軍はそれをちゃんと知ってて分捕ったんじゃ。しまいにゃあんた、方言しゃべる沖縄人はスパイじゃ言うてからに、それだけで殺された人もおるんよ。沖縄の人間が沖縄の方言つかうの、あたりまえでしょうがね。スパイどころか、うちらは天皇陛下さんは神様じゃ思うて、国のために死ねって言われりゃいつでも死ぬ覚悟しとったですよ。そういう教育うけてたからね。これはまちがいのないことですよ。沖縄の人は、男も女もみんな同じ心じゃった」

海軍記念日の五月二十七日には、本土から連合艦隊がくるそうな、と住民は興奮して待っていた、とマツさんも言う。

「うちらは何も知らんから、まるごと、言われるとおりに信用して、何か少しでも食べ物があれば、兵隊さんにあげよう、と思うたさ」

ある朝、海を見ると、現実に軍艦がきていた。下駄を並べたように、ぎっしりと威容を誇っていたのである。

「うちらはねえ、それを見てバンザイをしたんですよオ。ああ、やっと日本の連合艦隊が助けにきてくれた思うて、だまされてからにね。あれは煙幕いうんですかねえ。じきに、喜屋武岬から先はですね、夜も昼もぼやーッと、ただ黒いだけになった。向こうからは、望遠鏡か何かで見えてるわけですよ。立って歩けば、ちょうどおとなの腹ンとこに榴霰弾《りゅうさんだん》が命中する。そりゃ、アメリカさんは上等のタマを使ってましたからねえ。あれは使ってならないヤツだそうだけど、戦争ってのはそういうものでしょうよ。竹槍と最新式のタマとでは、勝負にならんじゃないですか」

しかし、彼女は竹槍訓練にも励んだし、駐屯部隊の炊事も手伝った。住んでいた首里の東、西原《にしはら》を動こうとしなかったのである。

「徴用ではないですよ。うちは、嫁になって舅と姑を見とったからのがれたんです。でもね、少しでもお国の役に立とうと思うた。それなのに、友軍はまるきり根も葉もないウソ言うてからに、つまらん期待持たせよった。ひょっとしたら、兵隊も、上の人に騙《だま》されとったのかもしらんね。コレハいかん、と分ったのは、六月になってからですよ。あっちイ行き、こっちイ逃げして、どこも壕へは入れてもらえず、死人が道にゴロゴロしとる。ああ、もう国も、軍人も、何もない、敗けとるんじゃなって悟《さと》りました」

　あとの二人はすっかり聞き役に回っていた。マツさんは一本気の人のようである。まるで、私に銃弾を叩きつける勢いで話をつづけた。

「アメリカーは、捕虜されてからもひどい扱いはしなかったけどね。友軍はあんた、住民も一生けんめい協力していくさしとるときに、味方を殺しよった。米ぐゎ一合拾ったいうて殺したんですからね。ゴトウって兵隊だった。うちらはね、もう全然食べる物がないんです。崩れた石垣の蔭や樹の下に隠れとって、攻撃がやまったときにキビでも草でもさがしに行った。どこかのおじいさんがね、道で米の入った兵隊くつ下拾うて、よろこんで持って行こうとしたんですよ。そしたら、友軍がものも言わずにいきなり剣抜いて斬りよった。腹を刺したですよ。どんなに苦しかったか——。うちは友軍の名札確かめてから、このおじいさん、何やったですか？　て言うてやった。〝兵隊の米盗んだ、いや、こいつはスパイだ〟て、何かていえばすぐスパイにしてしまう。うちもきつう睨《にら》まれて、斬られるか思うた。舅が心配して、頭ペコペコ下げとったけどね」

　沖縄の男は大変したよオ、と彼女は吸いつけたタバコの灰を落とした。

まんぞくな体の男は、一人残らず防衛隊にとられたというのである。あとの、片眼がわるいとか、指が足りないとかの男も、容赦なく食糧運搬を命じられた。

雨が降っていた。ヒュウ、ヒュウと砲弾が飛んできた。米俵を紐《ひも》で担いだ男たちが、黙々と南へ進んだ。道は粘土をこねたようにぬかるみ、艦砲でえぐられた穴が大小の池になって闇に光っていた。ずぶ濡れの彼らは、泥沼に転がっては起き、転がっては起きして歩きつづけるのだった。

「途中でタマにやられた人も見ましたよ。あんな難儀をしても、米は濡れてしもうて食べられんはずですよね。兵隊の食糧を運んでも、褒美《ほうび》に米ぐゎ一合もらえるわけでなし、よけいおなかが減るだけ。軍の命令は絶対ですからね、みんな哀れしよったですよ」

兵隊の糧秣を移動させるということは、敵が近づいている証拠である。兵たちの南下を知った住民は、邪魔にならぬように、島尻へと下がっていったのである。

「あれからはもう、何が何だか分らんようになった。タコ壺《つぼ》（手掘りの小さな壕）見つけて入ったらね、体の上半分を取られた人がおった。タマに飛ばされてしもうてないんです。胴切りされた切り口が、赤くて血なまぐさい。さすがにぎょッとしましたね。あれは、何とも言えん臭さですよ。六月ですからね。すぐ腐ってしまう。これだけは、思い出しても血のにおいがしてきて神経がおかしくなる。それでも、そのタコ壺を出たらやられるでしょう。何とも仕方ないじゃないですか。姑さんたちと三人、二日ふた晩そこにじっと坐っとったですよ。人間が、というても、首のない胴体だけが腐って、ウジが這い出してくる横で、キビをかじってた。死人も怪我人も何もかも一緒くた。暗いから、年寄りにはときどきそッと声をかけるんですよ。タマがひとしきりやんだとき〝どうしとるウ？〟〝ああ、生きとるよオ〟それでほッとする」

マツさんは、西原村幸地《こうち》の農家へ嫁したのである。国頭《くにがみ》（本島北部）への疎開を躊躇《ちゅうちょ》しているうちに、四月一日、アメリカ軍が北谷村砂辺《ちゃたんそんすなべ》に上陸した。西原から約一〇キロメートル北であった。

そのころに、彼女は友軍機がただ一機、キイキイと金切り声を立てて飛ぶのを見た。味方だとは思いながらも道端に伏せて眺めた。

「若い兵隊さんがしめてる、日の丸の鉢巻きがちゃんと見えたんです。あッというまに、アメリカの軍艦目がけて突っ込んでいった。体当りですよ。アレが、特攻隊ですよねえ。軍艦のほうはビクともしない。あの友軍機は、力が出なくてやっと飛んでるようだったもの。うちは泣きながら見とったですよ」

防衛隊に召集された夫が南部へ征《ゆ》くというのを見送った。しかし、国頭への道を断たれた彼女たち住民も、島尻へ下がるしかないのである。この幸地部落には、工兵隊の陣地があるから危険だと言われた。艦砲の破片で、隣家の人が二人死んだ。マツさんは、舅姑をつれて一刻も早く南下しようと焦った。南部が安全かどうかは分らない。だが、他に方法がなかった。

「もう五月でしたからね。四方八方からくるタマを、どっちへ逃げてもよけようがないんですよ。やっと壕を見つけて頼んでも入れてくれません。友軍はね、民間がうろうろしとってやられれば、兵隊までねらわれるから近くへ寄るな、と言うんですよ。入りなさい、と言うてくれた友軍には一度も出会わんかった。たとえばね、友軍の壕の近くに樹でもあって隠れようとしたら、そこを退けエ！　と怒鳴る。兵隊はちゃんと壕へ入っとるくせしてですよ。近くに人間がいたら、それが目標になってタマが落ちる、というわけ。仕方がないから、ずっと離れた草むらに伏せしたりね。タマはどんどんきてるんですよ。シュッシュッと、真ッ赤な火の玉噴いてね。鍛冶屋《かじや》の火花みたいなヤツと一緒に、ノコギリの刃くらいの大きな破片が飛んでくる。ヤマトの兵隊は、うちらの死ぬのは何とも思わんのさ。犬猫よりひどい扱いよ。憎かったねえ」

舅姑はまだ五十歳代だったが、ショックのためか、おろおろと動作がにぶかった。夜になると、二人を物蔭に待たせては畑へ走った。命がけで、鉛筆くらいの芋を見つけると、掌で泥をこすり落としてナマでかじった。砂糖が、土に混って散らばってい たことがあった。マッさんがまず舐《な》めた。甘かった。泥と一緒に口へ入れるのだが、舅姑も夢中で舐めた。おいしいね、とよろこんだ。

砂糖キビの畑に出遇ったときは眼を皿にして入って行った。しかし、葉っぱの擦《す》れる音が怖《こわ》かった。敵に聞えやしないか。電波探知器にキャッチされる、といわれていたのである。音を立てまいとしてそッとつかむと、鋭利な刃物のように葉っぱで手が切れた。

「根っこのヒゲごと、ゆっくりゆっくりもぎり取ったら音は少ないんです。それでも、サラサラとかすかな音がしたら、すぐにビュウとタマがくる。立ってなんかいませんよ。這って行くんだけど、キビ畑でやられた人がいっぱいいるんです。あの音がどうして敵に知れたのか、いまでもふしぎですよ。うまいことキビが一本取れたら、五、六名で食べられます。奪い合いする気力もなかった。日保ちはしない。でも、歯が痛くなるからそう一度にたくさんは食べられないんです。食べたカスを二、三日おいたら、赤く、酸っぱくなって腐りますよね。でも、しまいには、その食べカスをまた何度もすすりました。もう、誰が齧《かじ》ったか分らんカスをですよ。〝それ、まだ汁が残っているかねえ?〟と誰かが言うと〝嚙《か》んでみれば分るさ〟とだるそうに答えるだけ。

〝そんなら、もらおうかねえ〟そんな具合ですよ。腐ってても、チョピリ、チョピリと汁が出てくるですよね。舌がわずかに湿るくらい。それでも、何もないよりはいいからね。あの固い、キビの皮までそうやってすすりました」

雨の夜であった。道いっぱいに人がうごめいていた。よく見ると、人の波は少しずつ南へ流れている。だが、早く歩ける者はもういなかった。亡者の列のようだった。

「タマに当らんでもね。食べ物がなくなってからは、体の弱い者から死んでいくんです。死んだら、誰もひとのことなんかかまっていられないから、親でも子でも、そのままどこへでも放り出して逃げた。どうしようもないのさ」

道端に、小さくしゃがんで俯《うつむ》いている人がいた。べつに、彼女は強く触れたわけではない。雑踏のなかですれちがったのだが、その人はコロリとたわいなく倒れた。女であった。死んでいたのである。

「やられる、というのは、あれはタマのほうから当ってくるんですよ。避けようなんて考えたって何もならん。じつはね、そのときもう一人見たんです。ホラ、にわとりの首千切ってもひょこひょこと少し歩くの知ってますか？　人間もあれと同じですよオ。首が飛ばされていてないんです。首無し人間でも、足だけは二、三歩ちゃんと前へ進む。それを見てから、私はかえって度胸がすわりましたねえ。やられるときは、何をしてもやられるんだ、とね」

　砲弾か破片で死んだ人は倒れているが、爆風で死んだ場合は、外傷もなく、まるで生きているように坐っていたりした。避難民は誰も気にとめなかった。マツさんも、あ、と思うだけで行き過ぎた。

　もんぺが濡れて脚に貼《は》りついていた。樹の下で眠ってしまった。ふと気がつくと、眼があけられないほどの強い雨に打たれていたのである。

「ドカン、てタマの音がすると、ハッと眼がさめる。どこも痛くない。やられなかった、と思ったとたんにまたグースカ眠ってしまう。おなかはもちろん空《す》いてるんです。のどもカラカラです。でも、疲れきってしまうと、雨水を飲む気力もない。死んだようにに眠るもんですね。ただ、息イしてる、というだけで、あれはもう人間とはいえない。虫ケラとおンなじさねえ」

　どこだったか、地名は分らないが、とマツさんはしきりに首をひねった。

　石ころだらけの畑であった。芋もごく小さく、土中深くもぐっていて取りにくかった。道具があるわけではない。タマがくるかとおびえながら、ふためいてほじくるので、爪が一枚、根元からはがれてしまった。

　指から血を垂らして、また隣りの畑へ走った。キャベツ畑だった。土から少しのぞいている芯を掘って食べた。うまかった。

舅姑がしきりに水を欲しがったが、キャベツの芯を与えて我慢させた。夜になっても、泉へは近寄れなくなっていたのである。日本兵だと思うのか、かならずどこからか機関銃が乱射されるのだった。

いま考えれば、東風平村《こちんだそん》の志多伯《したはく》あたりだった、とマツさんは言う。右往左往しながら逃げているうちに、気がつくと三家族くらいがひと固まりになっていた。みんな足を引きずっている。今夜はもう歩かないで、自分たちの壕を掘ろうか、と相談した。

畑地の軟らかい土を夢中で掘り始めた。十五、六人が、手や空き缶や包丁で掘った。深さ一メートルあるかなしかの壕ができ上がった。

「明るくなったら動けませんからね。アタマに枝や葉っぱを乗せて偽装したって、何もならないのは分ってるんです。それでも、ぎっちり体を押し合って入ってた。五歳くらいの子どももいたけど、泣かなかったなア。タマがくるワくるワ、三日間、身動きできないでそこにいました。水も飲めないからオシッコも出ない。至近弾が落ちるたんびにざァーッと熱い砂をかぶってさ。他人の頭が目の前にあるでしょう。いや、シラミで、シラミで、おそろしいくらいでしたよ。厄ジラミってヤツ。あの戦争でシラミのわかなかった人はいない。取っても取ってもわいてくる。あれ考えると身の毛がよだつから、こんな話はしたくないですよ。どんなにか痒《かゆ》いと思うでしょう？　それがね、怖さにアレされて、痒いって神経がマヒしていたのかねえ。手ざわりは気持わるい。明るいときにはコロコロ見えるしね。でも、痒くはない。神経が異常していたとしか思えませんよ」

　そこいらじゅう、クヮラナイ、クヮラナイしていた、と言うのである。砲弾の落ちる音であった。壕の中の一人が、窮屈さに耐えかねてか、偽装の枝をかぶったまま上半身を起こした。それが、ねらい撃ちだったのか、破片が当ったものかは分らない。空《くう》をつかんで絶命した。老女であった。夜を待ちかねたマツさんは、舅姑をせき立てて壕を出た。

　蒸し暑い、雨の日がつづいた。彼女は足が重くて歩けなくなった。大根をぶら下げているようなのである。

「手も足も、ちょっと押してもポコンポコン引っ込んでよ。髪の毛は、櫛《くし》も紐《ひも》もないから、シラミだらけのざんばら。顔なんか垢《あか》まみれで、どんなだったかねえ。脚気か、栄養失調か知らんけど、食べなきゃ死ぬ思うて、また元気出したさ。夜になると、ずぶ濡れの野良犬みたいに這い出して、食糧さがしですよ」

キビ畑はないか。芋かにんじんの取り残しはないか。畑らしいところには、どこにまだこんなに人間が生きていたかと思うほど集まってきた。

　夜の畑である。「あったア！」と小躍りしてほそい芋をふところへ入れようとした。妙に柔らかかった。思わず確かめてみると、中程がやや固く太い。爪。あ、指だ、と胆が冷えた。

「声は出せない。電波がかかってますからね。物音も駄目。ちゃんと探知機に入ってタマの目標になるんです。伏せして、たとえ直撃はのがれても、破片がきますからね。そうね、二〇センチ幅に丈が五、六〇センチもある。ノコギリの刃みたいだから、ちょっとかすめても大怪我ですよ。たいていハダシですからね。地下タビはいてたとしても、あれは地面に刺さってる破片を通しますよ。ズック靴も役立たずです」

　破片が怖い、と彼女は肩をふるわせた。破傷風になり易い、というのだ。昼間やられたら、その晩にはもう高熱でけいれんを起こす。医者もくすりもないのだから、治療の方法がなかった。おまけに、破傷風菌は伝染するのである。

　マツさんは、悶《もだ》える患者をけんめいに穴に埋めて土をかけているのを見たという。母が、十歳くらいの少年を生き埋めにしているのだ。やがて死ぬのは必定《ひつじょう》。だが、砲弾の音が耳をつンざくなかで、母は子の死を待ってはいられない。しかし、子を野ざらしにして戦車に轢《ひ》かせるのはつらすぎる。後日、遺骨を拾いにくる場所を胸に刻み込んだ様子のその母は、まだ生きている子に掌を合わせた。

「セッちゃんのアンマー（母親）の月命日《つきめいにち》のせいかねえ。いやいや、戦争はまだ終っていないのさねえ。なんぼ三十三回忌をやっても、戦争で死んだ人の魂はどこへも行かれないでそこにいるんだからよ」

タマの下にさらされて、気が狂った人もたくさんおりましたよオ、と言って声を落とした。

「いっそ、そのほうがラクじゃったかしれんさね。うちが見たのは、白いキモノをつけていましたよ。ノロ（神女）か、ユタ（呪術師）だったのかねえ。長い髪が巻きついた垢《あか》だらけの顔で、歯を出して笑うとった。うちらが樹の下に隠れとって、出るな、て押えつけてもバカ力で飛び出してねえ。アメリカの飛行機はいってしもうたのさ。それだのに、友軍がいきなりその若い女をバーンて撃ち殺した。敵機に合図した、スパイじゃ、言うてね。何も分らんで狂うとるちゅうのによ」

沖縄人をスパイ扱いしたのだけは、うちはどうしても許せん、と彼女は私を睨《にら》んだ。

「そうでしょうがね。うちらは、国のために死ねと言われれば死ぬ気持でいたんですのによ。それを、子どもが泣いたからというて首を締めたり、毒を注射したりしおった。走ったから、友軍に背中を見せたからと、わけもきかずに撃ったですからね。ああいう兵隊のために命を落としたのは、犬死です。どのみち、戦争というのは、敵も味方もみんなフリムン（狂人）じゃ。正気では考えられん、殺し合いさねえ。それでも、沖縄の住民だからって、スパイ、はひどすぎると思わんですかね？」

軍民一致、と兵たちは住民に協力を求めた。その結果、兵員、糧秣、兵器の数量をはじめ、軍の動向のすべてを、住民は否応なく知ってしまった。その、機密を知られていることが、日本兵に住民をスパイ視させたのではないか、と言った人がいる。しかし、アメリカ軍は、事前に、おどろくほど沖縄に精通していたといわれている。農道にいたるまでくわしく調査し尽くした地図を作製し、沖縄の言語、風俗、習慣にさえ通じていたという。

ここに一つ、見逃がせない記録が残っている。昭和十九年八月三十日に、第三十二軍司令官、牛島満《うしじまみつる》中将が兵に与えた訓示である。

その五「現地自活ニ徹スベシ」

六「地方官民ヲシテ、喜ンデ軍ノ作戦ニ寄与シ進ンデ郷土ヲ防衛スル如ク指導スベシ」

七「防諜ニ厳ニ注意スベシ」

この、第七項目が、下級士官や兵たちに、理由もなく住民をスパイ視させる要因になったのではないだろうか。

これらを考え合わせると、私も数多く聞いた、いわゆるスパイ事件と日本兵の残虐行為の愚劣さに、身の置きどころのない気がするのであった。

マツさんは、昂《たかぶ》りを抑えるように、ゆっくりとタバコをふかした。そして、艦砲の激しい夜に、とうとう舅《しゅうと》を見失ってしまった、と壁に視線を貼りつけたままつぶやいた。

「闇夜は、どうしようもないですよね。タマがきて、どこかまわず伏せしてる。助かった。さ、といって走るんだから、二人はこっち、三名はあっち、て具合になる。その晩も、タマがやんでから夢中でさがしたけど、見つからんかった。行方《ゆきがた》知れずですよ。捕虜されてからも、どこかに収容されておらんか思うて尋ねあるいたですがね。体の弱い姑のほうが生きたのにねえ」

セツ子さんの夫、真栄《しんえい》氏が帰宅した様子である。彼女は立って別室へ行ったが、すぐ戻ってきた。食事の仕度をととのえてきたのであろうか。

稲嶺部落の夜は、犬の声ひとつ聞えなかった。私は、お茶をすする音にも気を遣った。ヤマトの人間だ、ということがつらいのである。

マツさんは、よほどタバコが好きだとみえる。彼女が一本をゆっくり吸い終るまで、誰も、ひとことも言わないで、淡くゆらぐ煙を眺めていた。

「あれで、人間ていうのはおかしなもんですよ。食べ物もない、水も飲めん状態でも、死ぬか、生きるかになると、ない知恵も働くというのかねえ。トンボが低空してくるでしょう。あ、ツバサ振ってるな、さ、いま撃つよオて伏せするとパラパラッときよった。昼間はそういうのがきて歩けんさ。夜はまた、照明弾が落ちますよね。この灯りを頼りにして歩くんです。照明弾のあとからかならずタマはくるけど、照明弾そのものは怖くない。うちらは、そのじぶんにはもう、タマのくる位置がちゃんと分りよったですよ。艦砲がこうきたら、方向を変える。だいたい、七ツか八ツはパラパラッときますからよ。こっちへきたら、ハイ、とあっちへ逃げる。敵さんの裏かいてね」

手足ばかりでなく、体ぜんたいが腫《は》れぼったく、重たかった。メンスは四月からみていない。逃げる途中で連れになる女たちの、ほとんどがそうだと言った。面倒がなくてよい、とも思うが、やはり変調である。彼女は、異常なむくみはそのせいか、と不安だった。姑が、楠《くすのき》を煎《せん》じて飲めば通経剤になる、と教えた。

焼け残った楠を見つけて、枝を削り、葉も煮て飲んだ。効果はてきめんであった。だが、一回きりで元へ逆戻りした。

含み笑いをしたセツ子さんが〝もの識りなお姑さんだねえ〟と言葉をはさんだ。

「戦争ひどくなってからは、わッたア、そんなこと忘れていたけどね。お母アや妹らがやられたあの日に、もんぺの血イ絞ったときよ、あのナマ臭いにおいで、あ、と思い出したさ。そういえば、しばらく見ていないな、てね。ほんの一瞬よ。すぐに捕虜されて、ガタガタふるえていたからねえ、それどころでなかったよ」

彼女は、そんな話をしながらも、柔和な表情を消さなかった。しかし、マツさんはちがう。言いたい事柄を、存分に表現できないもどかしさに焦《じ》れているのだった。

「そうだよ。みんな、女でなくなってたんだ。体が弱ってたせいか、毎日、ドンドンパチパチで、恐ろしい目に遭うてたからか——。うちなんか、ずっと南へ下がったときに、母親が子どもを殺すのさえ見たよ。新垣《あらがき》だったかねえ。逃げる道の沼によ。赤ん坊を押し込んで、浮いてきたらばまた両手で押しては沈めてた。横に、友軍が銃剣突きつけて立っとるのさ。子どもを殺さな、おまえも殺すぞ、言うてからに。赤ん坊が泣いたんだろうねえ。電波にかかる、タマがくる、言われてよ。夕方で、まだ暗くなりきっとらん。若い女だった。あの親が、もしも、いままで生きとったら、どんなに苦しかろう、と思うさねえ」

夫を失ったショックもあってか、姑は彼女が手を引いても道端に坐ってしまったりした。糸洲《いとず》を過ぎて、あれはどこだったかねえ、と記憶を辿りながら、小さな壕を見つけたというのである。壕というより、わずかな斜面を利用して、急場しのぎに掘った穴、といったほうがいいかもしれない。

中に、人間がひとり坐っていた。老婆であった。膝の前に、水の入った一升瓶と、にぎり飯が二個置かれていた。老婆は、背すじを伸ばして、瞑目していた。生きているのだ。

「おばあさん!」

マツさんの声に、老婆はうす眼をひらいた。

「危ないから、早く頭を隠しなさい」

確かな声であった。

「七十歳くらいかねえ。あのじぶんの人は老《ふ》けてたから、もうちょっと若かったかもしらんね」

——おばあさんの家族は?

——逃がした。

——何名おったの?

——嫁と、孫六名さ。戦争終ったら、骨を拾いにきなさいよオ、言うてな。

――せっかくおにぎりがあるのに、食べないんですか？

――ひもじゅうない。

「何もかも諦めてたんですねえ。うちらも、そこでタマ除けさせてもろうて、静かになったらじきに出たんですよ。小さい穴だから、うちらがおるためにトンボに見られて撃たれたら、このおばあさんも巻き添え喰って大変しますからねえ。さよなら、言うて出たんです。おばあさんは、土の上にじかに立てた膝を抱いて、じッと石みたいに坐ってた。うちらにも、無理に一緒にいなさい、とも言わずに、黙って頭下げてた。痩せて、骨と皮さ。水とにぎり飯二つあるたって、タマに当らんでもどれだけ生きられますか？　あのね、いまうちらくらいの人で、そうやって年寄りを置いて逃げた人、多いんでないかと思いますよ。話をするのは恥ずかしいし、つらいから言わないけどもね。あのときの老人は、哀れしましたよ。足手まといにならないために、みんな自分から死ぬ決心をした。若い者も、食べ物残して、拝んで別れて行ったんです。仕方なかったですよねえ」

六月二十五日になっていたかねえ、と彼女はくびをひねった。

朝から一度も砲声が聞えなかった。無気味な静けさである。いったい、戦争はどうなったのかねえ、とマツさんは聞き耳を立てていた。

喜屋武《きやん》岬に近い、小さな自然洞窟の中である。タコ壺のように、入り口が上にあった。住民ばかり十三人がひそんでいた。食物と名のつくものはひとかけらもなく、あたりに畑もない。空腹と疲労のなかで、全員がただ押し黙っていた。

コツ、コツ、と入り口の岩壁を叩く音がした。

〝コンニチハ〟

男の声である。

黒い影が、ゆっくり動いた。

——誰ねえ？

——兵隊です。

闇夜にちかかった。マツさんは、声をかけてはみたものの、敵兵が巧みな日本語をつかっているのか、と疑った。

——すみませんけど、中へ入れていただけませんか？

——あんた、内地の、どこの人ですか。

——東京です。戦友は、与座岳《よざだけ》で全部戦死しました。ぼくひとり、やっと逃げてきたんです。おねがいします。

優しい声であった。マツさんは思わず〝早く入んなさい〟と言った。兵はソッと中へ降りはじめた。

「ならん、ならん‼」

誰かが彼女の肩を小突いた。

「友軍を入れたら殺されるよオ」

抑えた、険しい声がつづいた。

「友軍に同情するなんぞ、あんたは妙な考え方するねえ」

奥にいた老爺が言う。

「バカだよ、マツは――」

衰弱しきって、この壕まで彼女に負われてきた姑《しゅうとめ》も怒っていた。

それらのやりとりは、すべて早口の方言であった。しかし、兵はおおよその意味を察したようである。

――あなたにご迷惑をおかけして、申しわけありません。

しきりに頭を下げて片隅にうずくまった男を前に、マツさんは瞬時後悔した。暗くて顔は分らなかったが、日本兵がいれば、敵に攻撃されるにきまっていた。火焔放射器をぶち込まれるかもしれないのだ。

――仕方がないから、あしたになったら出ていってくれませんか。

――ハイ、そうします。

夜が明けた。東京出身だという兵隊は、二十二、三歳で、色白の長身であった。

「こんなでよく鉄砲が持てるねえ、と思うくらい、まだ子ども子どもした感じの人でしたよ。いまも名前を覚えています。キクチ、という人です。外国語学校の学生だといってました」

――アメリカ兵がきても、ぼくは英語が話せますから、絶対に殺させないように言います。ぼく一人は兵隊だけど、あとは全部一般住民だから、どうか助けてあげて下さい、とちゃんと話しますから、このまま置いていただけませんか。

「みんなは承知しませんよ。軍服つけてる、こんな人と一緒にいたら殺されるよオと、唾を吐きかけるように、出て行け言います。それぞれ、自分の身がかわいい。それと、誰も友軍にいい感じを持っておらんかった。わるいことばっかりされとるからねえ。そういう人たちに囲まれて、この兵隊は何も言えんわけさね。うちは、もうどうせ死ぬんだからと思うて〝いいさ、気イ遣わんで入っていなさい〟て言うた。けど、けっきょくこの兵隊さんは心苦しゅうなったらしくてね、黙っておじぎして出て行ったんですよ」

マツさんは、彼が壕を出たとたんに撃たれたらどうしよう、と思った。

「よく考えてみなさいよ、とみんなに言うたんです。うちらみんな、もういつ死ぬか分らん。人間、生きてるうちに一つくらいいいことしとくもんですよ。隠徳モーキン（善行により子孫によい報いがある）さ。それに、アメリカ兵に見つかったときは、英語を話せる人がおったほうがいいんじゃないかねえってね。そうしたら〝あの兵隊、ほんとにアメリカーと話ができるんかねえ?〟と言う人がおった。うちは腹が立ってね。〝この戦争の最中に、ウソつく人がいると思うねえ?　あの人は死ぬ覚悟しとるのさ。うちらのために、英語で命乞いしてやる言うたでしょうがね〟て怒ってやったさ。現金、というか、浅ましいというか。そこでコロッと風向きが変ってね。ほんとに命乞いしてくれるなら、連れてきなさいよ、となったんです」

マツさんは壕からそッと這い出た。彼は、すぐ横にあるソテツの下にうずくまっていた。

――ありがとうございます。ぼくはどんなことになってもあなた方に銃を向けたりしないいし、アメリカ人にもさせませんから、お願いします。

――もう、死ぬも生きるも一緒だからね。早く軍服脱いで、キモノをつけなさい。メガネはずしたら、見えないねえ?

——いいえ、大丈夫です。

——手拭いで姉《あね》さんかぶりするといいよ。あんた、名前は？

——キクチです。

——内地の名前はむずかしいねえ。

——じゃ、何でもいいです。タロウでも、ジロウでも——。

そう言っているあいだに、突如、銃撃が始まった。パンパン、パンパン。まるで大掃除の畳叩きをするように撃ってきた。彼女はタロウを壕へ引きずり込んだ。銃を担いで走ってくるアメリカ兵が見えた。

「うちはもう生きてる気イしなくて、ガタガタふるえてしもうてね。そのとき見たアメリカーの大きいこと！　いまそこいらにいるアメリカ人と違うみたいでしたよ。生まれて初めて見たから、よけい大きく見えたのかねえ」

〝デテコイ、デテコイ〟

ピュウ、と陽気な口笛が聞えた。

彼女は一瞬、眼を閉じた。どのように女装をしても、タロウは若い男である。友軍だと見破られれば、ものを言う前に撃たれてしまうのではないか。

「タロウがねえ、もうアメリカ人が壕のまわりを囲んでしまったから、タマを撃ち込まれないうちに出ましょう、と言うんです。でもね、男が先に出たらやられますからね。うちが決心して、先頭になって出ました。撃たれなかったから、みんなも出たんです。タロウには、そこにいた四歳くらいの女の子をおんぶさせてね。ほんとに女に見えたですよ」

外はカンカン照りである。地面はどこも砲弾で耕やされたようにまッ白であった。銃を持ったアメリカ兵が四、五人立っていた。

「日本のが三つかかってもかなわんような戦車もいたですよ。アメリカーは何もかもケタが違う。あれを見たら、ああ、もうコレハ大変、武器負けだと思ったですね」

全員が出ると、タロウはアメリカ兵と英語で話をした。子を背負った女装の男である。相手は呆気《あっけ》にとられたか、彼を疑う気配も見せなかった。

「タロウが説明したらね、水を飲みなさい、菓子を食べなさい、するわけ。敵のくれるものは毒だと思うから誰も手を出さんさ。タロウがまたアメリカさんと話をした。コップの水を、アメリカーが飲んで、タロウが飲んで――。それからはもう、どんなにして夢中で飲み食いしたか分らん。うちらは精神力でやっと生きてた。フラフラなんですからね。アメリカさんは、タロウにタバコをくれたけど、あの人は吸わない。あとでみんなに分けてくれたですよ。急に吸い込んだら目が回るよォて心配してさ。

金鵄《きんし》タバコ五十個入りだった。日本軍からの分捕り品ですよね。六斤缶のキャンディや、鏡や櫛《くし》まで持ってきた。うちらのほしい物を知ってるんですよ。それもね、タロウが通訳するからうまいこといったわけ。やっぱり、言葉の通じる人がいて助かったんですよ。はじめ、あんなに出て行け言うた人らも、タロウさん、タロウさん、てね」

デテコイ、デテコイ、とスピーカーは叫びつづけていた。〝日本が敗けて、戦争は終りました。住民には危害を加えません。食糧も衣料もあります。早く出てきなさい〟

流暢《りゅうちょう》な日本語であった。

「これは、確かに二世がいるんだねえ、と、うちらは言いおった」

その、二世が、マツさんたちの取り調べを担当したのである。中年男であった。問いに答えはした。だが、敵が、日本人なのだ。素直になれなかった。

「うちらが怖《こわ》い顔をしとったら、向こうから〝どう思うねえ？〟て話しかけてきおった。自分はハワイに国籍があるから、仕方なしに戦争にかり出されてきて、日本人に鉄砲向けることになってしもうた。ほんとうは日本が恋しいのにさって、ワラベ唄なんか歌うんですよ。沖縄ではない、どこか、本土の唄よ。おばあさんにでも習うたものかねえ。あんたらには分らん唄だろうけど、いつも歌ってるんだよ言うて、じゃ、元気にしてなさいね、て別れた。友軍にさえ殺される、いう戦争でさ、アメリカの兵隊になっとる二世と、まるで味方同士みたいな口きいてよ。どっちもつらいんですよね。憎めなくなってしもうてからに――」

白人のアメリカ兵に引率されて歩きはじめた。水とキャンディでいっとき空腹を紛らせたが、すぐにまた飢餓感に襲われた。捕虜になるまでは誰もが無気力であったが、生きられた、となったとたんに食物の奪い合いが始まった。列をつくって重い足を運ぶ途中に、缶詰が落ちていたりするとわれがちに飛びついた。

「あれは、飛行機から落としたものかねえ。大きいのや小さいのが散らばっとった。缶詰につられて壕や物蔭から出てくる、思うたんでないかな。にわとりにエサまくようにさ。道にゴロゴロしとる死体と死体の間にはさまっとるのまで、突っ転がして取っとっても、アメリカーは笑ってた。何というても、勝ちいくさのほうは悠々としとるさねえ。うちは、食うことより、眠うて眠うて、どこでも坐ればグースカ眠ってしまう。歩きながら居眠りしとったさ」

途中から住民がつぎつぎと加わって、行列は七、八十人にもふえた。糸満へ向っていたのである。衰弱した老人や足弱が多いのと、食べ物あさりに時間をとられて、着いたときはすっかり昏《く》れていた。アメリカ兵が、周囲を警戒しておどおどしはじめた。ジャパニーズ・ボンボンだと言う。日本の敗残兵の奇襲を恐れているのだった。おそらく、焼け跡なのであろう、多少窪んだ空き地で、一行は夜を明かすことになった。アメリカ兵は、少し離れた場所にテントを張っているようだった。マツさんは心ぼそかった。日本は、とうとう敗けてしまった。そして、最も辱《はず》かしい捕虜になったのである。

〝なぶり者になってから殺されるより、ひと思いに撃って下さい〟とタロウに通訳を頼んでいる女がいた。彼がけんめいに説得しているそばで、頭を寄せ合って泣いている一群があった。女のようである。泥と垢《あか》にまみれ、着衣も裂けて、年齢も性別も判然としなかった。

雨が降ってきた。

やがて、泣き声も聞えなくなり、人びとは泥水の中で眠った。彼女は、横にいる姑《しゅうとめ》に雨よけを掛けてやりたいと思ったが、何もなかった。

闇を裂いて、パン、パン、とはじける音がした。彼女は姑を揺り起こして伏せた。テントでヒュウーッと口笛が鳴った。同時に激しい銃声がひびいた。

「友軍が仕掛けてきたんです。捕虜された者はスパイだ、というわけで、うちらを撃ってきた。もう、ろくにタマも持たんのにね。テントにはあんた、アメリカーが五、六十名はおるから、友軍が生きるはずがないさ。みるまにパタパタやられましたよ。アメリカーはね、みんなきなさい、言うて、それをうちらに見せるんです。ジャパニーズ、バカって、友軍の死体を靴で蹴りおった。それはそれで、うちらには何とも言えんくらいつらいさね。こんなマネしなきゃ、命落とさずにすんだのによ。アメリカーは、なぜ同じ日本人を撃つのかってふしぎがってる。死んだ兵隊は沖縄の人か他府県人か分らん。七、八名はいたけど、名札は見えんかった。アメリカーのあの碧い眼はトリ目だから、夜は絶対に見えんって言われてたんです。あれも、デマ。闇夜でもあんなにちゃんと命中したんだから、うちらより上等の眼かもしれんさねえ」

翌朝、男と女とを引き離してトラックに乗せられ、糸満から船で北谷《ちゃたん》へ行った。タロウとも別れてしまった。船は、出港すると周囲が鉄板で囲われるので、檻《おり》の中のようだった。

北谷までの約三十分間、マツさんは姑とひそひそ話をした。

――戦争は終ったみたいだけど、やっぱり殺されるのかねえ。

――友軍は、敗けたら戦車で轢かれる、言うとったよね。

空だけは見えた。しかし、飛行機も、カモメも飛んでいない。気が遠くなるように、よく晴れていた。

「北中城村《なかぐすくそん》の民家へ入れられたですよ。そのころから、もう殺されない、と思った。米ぐゎはなくて、クラッカーや豆、乾燥芋の缶詰をくれたけど、足りないさねえ。ひと月くらいで国頭《くにがみ》へ移動してからは、家もない。二十名くらい入れる、アメリカのテントですよ。山から薪取ってきて、缶詰の空き缶の鍋で、草なんか煮て食べる暮しさ」

タロウさんらしい人がねえ、と彼女は長いまつ毛をけぶらせて、タバコの火を吸いつけた。

「国頭でうちらをさがしてた、て聞いたことがあるんですよ。ああ、生きとったんだなあって、うれしかったたねえ。うちらはもう、あちこち転々と強制移動させられとったから、そのあとは知れずじまいになってしもうた。いま生きてたら、五十七、八歳かねえ。会いたいと思いますよ。ほんとの名前は、キクチ、何というか、それも分らんままで、三十年以上も過ぎてしもうた」

マツさんは、毎年六月になると戦跡へ巡礼に出る。当時逃げた道を辿《たど》るのだそうである。

出発点は、西原村幸地《にしはらそんこうち》。

「あそこには、陣地もあったし、首里にも近いからね。百五十軒くらいのうち、五十軒以上も一家全滅してるんですよオ。死んだ人の数なんか、いまでも正確には分らんのでないですかねえ。戸籍簿も全部燃えてしもうたし、何しろ、敗戦して、一年経っても二年経っても、部落の遺骨が片付けきれんかったいうくらいですからね」

運玉森《うんたまむい》から南風原《はえばる》を抜けて、豊見城村《とみぐすくそん》の役場前、志多伯《したはく》へ出て南山《なんざん》城趾、あの、学校のあるところね、と、そこで語調を変えた。

「あそこの兵隊の壕へ入れてほしいって頼んで、何と言われたと思いますか？　スパイだ、壕をのぞく住民はスパイだって銃を向けたんですよ。飛びのいて逃げて、そのこっちの、いまの山形の塔あたりをまる一日かかって通ったんです。めくら滅法、歩くよりない。タマっていうのは、走って、かえってやられることもあるし、どうせ死ぬんだからってゆっくり歩いて助かる場合もある。一坪に一個ずつの爆弾が落ちたっていうから、運しだいさね。そんなでも、本土から援軍がくるのを待つ気持はあった。友軍にスパイじゃ言われても、やっぱり日本を信じるほかなかったさねえ」

彼女は、六月二十五、六日ごろの晴天をえらび、早朝に運動ぐつをはいて出かけるという。

傍らで、セツ子さんがしきりにくびを横に振っていた。家族を四人も亡くした足跡を辿《たど》る気持になどなれない、というのであろうか。明るい蛍光灯の下で、ノブ子さんが頬を引き吊らせて〝マツ小母さん——〟と言った。

「わたしは、あのときの臭《にお》いを思い出すと、やっぱり歩く気になれないわ。言葉ではあらわせないですよね。どこもかしこも、死人の腐った臭い、硝煙のにおい、いいえ、戦争そのもののにおい、というか。小母さんもそう思うでしょう？　あれは、絶対に体験した人でないと分らないにおいよ、ねえ」

「そうよねえ。何ぼしゃべっても、ほんとうに分ってはもらえんさ。うちはね、自分ばっかり生きてしもうてからに、主人の父親を守りきらんかった。遺骨も拾えんかったしねえ。あの道を歩くしか、供養のしてみようがないと思うてよ」

第四章　アメリカ世《ゆう》

沖縄戦で家族を亡くした人が、一年あとにやっと遺骨を拾ってきた、などと言う。さいわい、壕が荒されないで当時のまま残っていたからね、とか――。

ながいあいだ、私にはそれがふしぎでならなかった。これほど祖先崇拝の念が厚く、洗骨の儀式まで行なう沖縄の人が、なぜ、一年間、あるいはそれ以上も、家族の惨死体を放置したのであろうか。

そんなことを考えながら、夜半にひとり机に向っていると、ノブ子さんの、やや謎《なぞ》めいた声が聞えてくるのだった。

「終戦になってから、またべつの戦争が始まったんじゃないですかねえ。ことに女には、タマが落ちるころよりも、どちらかというとつらい戦争だった、と思いますよ。沖縄のいくさは、いったい、いつほんとに終ったって言ったらいいのかねえ。敗戦して、ヤマトからも切り離されて、アメリカ世《ゆう》になってからに——」

五十五年十二月。東京は、例年になく寒さのきびしい冬を迎えていた。私は、コートの下に薄いワンピースを着て、震えながら羽田へ向った。分らないことがありすぎる。せめてもう一度会いたいと、私は四度目の沖縄行きを思い立ったのである。

いつもの所に宿をとって、祈るような気持でノブ子さんに電話をかけてみた。人なつっこい声が返ってきた。ご主人は東京へ出張中とのこと。娘さんも、つい最近結婚して北海道へ行ってしまった。〝ひとりきりで淋しいから、わたしもそこへ泊ります〟と言うのだった。

まもなく、彼女はソーメンチャンプルーと、こんにゃくの煮物を持ってやってきた。せまい、粗末な部屋のベッドの横で、私たちは思いがけない宴をひらいたのである。

四階の窓から見下ろす、那覇市街の灯が美しかった。

「そこの坂道にねえ、白い着物の、女のユーレイが出るって言われてたんですよオ。ホラ、あの樹のあるあたり——」

首里と那覇のあいだである。

ノブ子さんが、笑いながら白いブラウスの肩をすくめてみせた。

「わたしの家のほうは、もっと静かで、淋しいでしょう。ひとりでいると、駄目なんですよ。あの、戦場のにおいが戻ってきてしまう。タマのこない夜も、あれだけはどうしようもなかったですからねえ」

彼女は、長目の髪を掌で押えて窓に額を押しつけた。

「こんなにたくさんの家ができて、おおぜいの人が住んでる。これが、ほんとにあの沖縄かねえ、と、ふしぎなくらいですよ。このへんだって、戦争がすんでもなかなか解放されなかったですからね。何もない焼け跡の野っ原に、もの凄い量のアメリカ物資がたアだ積まれてたそうですよ」

喜屋《きや》武《ん》岬で捕虜になったノブ子さん一家は、糸満《いとまん》の野天で一夜を明かして船に乗せられた。いまおもえば、あの四角い上陸用舟艇である。さすがに気丈な彼女の父も〝海の真ン中へ出たら投げられるのかねえ〟とおびえていた。石川の収容所へ入ってはじめて、殺されはしないようだ、とほッとしたというのである。

「テントの中で、みんな、それこそユーレイみたいな顔してましたよ。朝から晩まで、頭洗うのが仕事なんです。シラミ取り専門。わたしらのあとからも、毎日捕まってくるんです。着てるものはボロボロ、手足は泥だらけ。わざと顔にススを塗ってる女もいる。三か月も、おなか空《す》かしてタマの下を逃げあるいていたんだもの、眼ばかりぎょろッとさせてね。髪の毛は、どの人も全部、べったりとシラミで固まってた。梳《と》かすことも何もできない。いきなりアメリカーにDDTをかけられて、坊主頭にされた人もいました。逃げてるときは、死ぬか生きるかで夢中だったけど、収容されてからは、痒《かゆ》いわ、痒いわ——」

収容所の食事が十分でなんかあるもんですか、と彼女は放り出すように言った。

「わたしらみたいに、女や年寄りばっかりで戦果をあげられない者は、みじめなもんでしたよ」

戦果、という言葉を、私はいままでに数多くの人から聞いていた。アメリカ軍の物資を盗むことなのである。処刑を覚悟の難事なのに、なぜか沖縄の人は大変ユーモラスな話し方をするのだった。

五十三年十一月に、ノブ子さんと遊びに行った彼女の父の実家で、私は戦果の名人ともいうべき人に会った。

「あンとき、おれは十七歳よ。勤労奉仕隊で、タマ運びしとった。この福地《ふくじ》へんも全滅だったもんね。親類も何もない、みんなバラバラで逃げ回って、きょう死ぬか、あした死ぬか分らん有様よね。戦争終ってからですよ。よおーし、何をしてでも生きてやろうと思ったのはね。戦果あげるって、確かにドロボウです。でもね、それをやらなきゃ生きられん。いいことか、悪いことか、そんな考えはなかったですよ。どうやれば口に入れるものが見つけられるか、それでアタマがいっぱいなんです」

白い半袖シャツから出ている腕の筋骨が、往年の逞しさを思わせた。

当時、毎夜、アメリカ軍の糧秣倉庫へ忍び込んだ、というのである。

そこは、厳重に有刺鉄線で囲われていた。彼は、板きれを鉄線にかぶせて難なく踏み込んだ。ねらうのは、歩哨兵の交替時間。そのわずかな隙《すき》にすばしこく事を決行した。

「ヤツらは、われわれみたいに腹空《す》かしてないから、悠長で、どこか間の抜けたとこがあるんですよね。こっちはもう、真剣勝負のドロボウだ。相手に見つかって走ったりすりゃ、ズドン、と一発で終りさ。きたな、と思ったら、何でもいいからバンザイしちゃえば大丈夫。そりゃ、豚小屋みたいな所へ入れられますよ。けどね、そこのカナアミを昼のうちにちょこッと外しておいて、夜になったら逃げるのさ。見られたときにおとなしく手さえ上げたら、MPだって殺したりしない。いっぺんねえ、あんまりきつう怒鳴るから〝デブデブ太ったアメリカ人、尻に竹の棒ぐゎ突っ込んで這ってみろ、まるっきり豚と変らんよオ〟って、うちなあぐち（沖縄方言）でペラペラッとからこうてやったさ。そしたらね、タバコちょうだい、て言ったと思ったらしくてよ、ハイ、て洋モク一本くれよった」

獰猛《どうもう》な番犬のいる倉庫もあった。そういうときは、仲間と共同作戦を組んだ。まず、アメリカ軍のチリ（ゴミ）捨て場で肉片を拾ってきて、一人が犬に食べさせる。そのあいだに一人が侵入してまンまと物資を頂戴してくるのである。

「とうもろこしの配給や、水みたいなお粥《かゆ》で若い者に我慢しろったって無理ですよ。何でもいい、腹に溜る物を搔っ払って食うしかない。向こうの缶詰はうまかったです。よオ。バターなんてものは食ったことがないから、煮て油に戻した。アメリカ軍の倉庫いうても、テントだからね。ナイフでビィーッと裂いたらわけなく入れるのさ。捕まってカナアミに入れられても、別に殴りも蹴りもせん。食わしてくれたしね。あのじぶんは、物を盗んだり、捕えられるのを、恥ずかしいとも何とも思わんかったねえ。それより、CP（民警）のほうがタチ悪かったよ。おれたちがせっかく命がけで戦果あげた物を、こらッと咎《とが》めて、あとで自分らが食うんだからね。確かにこっちはドロボウよ。しかしね、CPに横取りされてはおれんさ。チキショウ！　と思って、しまいには手榴弾でおどかして逃げたですよ」

昼間、公然とやれる戦果もあった。アメリカ兵は、新しい缶詰やガーゼに包んだ牛肉の塊、汚れた衣類などを惜しげもなく捨てる。それをチリ捨て場から拾ってくるのだ。機を逸すると、彼らは塵芥をブルドーザーで圧し潰してしまう。よい品を得るには、仲間をだし抜く機敏さと体力が必要だった。

——現在彼は、砂糖キビ作りの専業農家だそうである。その豪快な笑いは、白い砂の道ひとつへだてた、碧い海へ届くかと思えた。

つくりつけの棚に似た、素朴な仏壇の前でのひとときであった。

「あの従兄《いとこ》は、確か国頭《くにがみ》の収容所を転々としていて戦果あげたはずです。怖《こわ》いもの知らずでしたからね。わたしたちは、戦果どころか、シラミ取りがやっとでしたよ。うっかりテントを出たらアメリカーに強姦されるって言われるしねえ」

七月になってまもない、静かな夜であった。ノブ子さん一家は、テントの端に近い場所にいた。そばにもうひと家族、やはり無気力な様子で寝転がっている。時間は分らないが、誰も眠っているわけではなかった。

テントの隙間から月光が射し込んでいた。一人が、ゆっくりと上半身を起こした。女のようであった。ノブ子さんは、横になったまま、もの憂くその動きを眺めていた。

不意に、思いもよらない銃声が聞えた。

一発であった。

うッ、という声がした。

淡い月光のなかに、人が倒れていた。四、五歳ぐらいの子どもの影が、まつわるように見え隠れした。

ノブ子さんは、ア、と口を押えた。微動もできない緊迫感が流れていた。両親も、兄嫁も、否、テントの中の二十数人が呼吸を止めたかのようであった。

何分か過ぎた。銃声は、それきりつづかなかった。しかし、人びとはなりを静めたままである。

日本の敗残兵が撃ったのにちがいなかった。彼女は母にしがみついて恐怖に耐えた。

「逃げてるときはあんなに毎日タマの下をくぐったのに、とふしぎですけどねえ。あのたった一発に、みんな震え上がったんです。そのお母さんは頭に穴をあけられて死にました。子どもは無事だったけど、みなし児ですよ。ちょうど、監視のアメリカ兵がいない時間を知ってたんでしょうかねえ。シーンとして、あおい月の光りが、刃物みたいに見えたのを覚えています」

ヤマトの兵隊は、ほんとうに捕虜民をスパイだと思ったんでしょうかねえ、と彼女は唇を嚙んだ。

住民の、三人に一人は戦死、あるいは自決した。そして、地獄のいくさ世《ゆう》をからくも生きのびた人たちが、かつて、信頼し協力した日本の兵士に、スパイだとねらわれているのである。

「その敗残兵どもがね、アメリカ軍の食糧を盗みに出てくるんです。わたしたちがチリ捨て場の缶詰を拾っても、アメリカーは見逃します。でも、日本兵は、これは絶対に容赦しません。かならず撃たれるんです。ヒゲぼうぼうで、軍服着て死んでるのを見るたびに、哀れ、というか、複雑な気持でしたよ」

彼女たちは、小学生時代から徹底した軍国主義の教育をうけてきた。極端な言い方をすれば、日本人のなかでも、最も忠良な日本人になろうとしていたのである。

「わたしなんかも、お国のために死ねるのは名誉だと思っていました。伊江島《いえじま》では、子どもをおぶって白鉢巻をした若い女が、斬り込み隊に加わって敵に突っ込んだそうですからね」

捕虜として収容された住民を、国を売るスパイだと思い、生命を賭して制裁した日本兵は、真実、愛国心に燃えていたのかもしれぬ。

飢えた敗残兵を追いつめて射殺したアメリカ兵も、殺人をしたとは思わないで、国家のために敵を誅した、と手柄顔で上官に報告したとも考えられる。

十四歳のノブ子さんも、アメリカ軍の捕虜になるのは死ぬより恥だと思っていた。テントに収容され、一応の食物を与えられてもなお〝鬼畜米英〟という言葉が脳裏を去らなかったという。では、日本兵は味方かといえば、否、である。彼女は、その残虐行為をいたるところで見てしまった。

「もう、何をどう考えたらいいのか、わたしには分らなくなった。おなかも空いてるけど、心の中も空《から》っぽ。いくさ世《ゆう》が終ればいい時代がくるよ、と王様の歌を教えた父も、そう言って虚《むな》しさを紛らしていたのかもしれませんね」

収容所は、なぜか強制的に移動させられた。テントからテント、あるいは、国頭の民家や避難小屋に雑居した。そのたびに、めいめいがわずかな持ち物を頭上に乗せて命令に従った。拾った空き缶一つも、大切な財産であった。

いつまで収容所生活がつづくのか、誰にも見当がつかなかった。

半壊の萱葺《かやぶ》き屋根の家で、三家族が住んだときである。二十年十二月になっていた。恩納《おんな》村《そん》の山際の部落であった。

糸満の漁夫だったという老爺が、片隅で、黙りこくって丸い空き缶を磨いていた。汚ない棒きれを洗っていたこともある。

数日後に、彼は空き缶に棒をさし込み、針金の糸を張って、手製のサンシン（三味線）を作り上げた。首をひねりながら、何度も調子を合わせたのち、老爺は枯草を敷いた床に端座して爪弾《つまび》きをはじめた。ビーン、ビーンと濁った音がひびいた。だが、しだいに、それなりの音色がととのってきた。

彼は、眼をとじて、耳をとぎすます表情になった。うン、と、ひとつうなずくと、力づよく糸をはじいた。ハッ、ハッ、と合いの手を入れる、あのテンポの早い琉球音楽の、体ごとゆさぶらずにはおかないリズムである。

ノブ子さんの父が、低い声で歌いだした。

靴音を鳴らしてきたMPが荒々しくムシロ戸をあけた。そして、まもなくそッと出て行った。

彼女は、それを作るのは恩納村ではじめて見たが、石川収容所のテントにいたときも、カンカラーサンシンの音《ね》を聞いたことがある、と言った。

そんな、破れ小屋にちかい家にも、軒下には大砲の薬莢《やっきょう》が吊り下げられていた。空《から》のモビール缶も置いてある。夕方に、それらが乱打されない日は稀であった。

「ああ、またきたね。動くんでないよ」

ノブ子さんの母は、娘と嫁の肩を押えて息をひそめた。アメリカ兵が、収容所内の女をねらって出没するのである。

いったん、担がれて連れ去られれば、相手は一人や二人ではなかった。存分に輪姦されて放り出される。戻ってこない人もいるし、戻ってから、まもなく衰弱死した女もいた。

私は、五十三年五月に、老人ホーム〈ありあけの里〉で、カマドさんから惨《むご》い話を聞いていた。

彼女が収容されていたテントに、五十歳をすぎた夫婦がいて、昼間にすぐ前の畑へ芋を掘りに行った。大きいのは取り尽くされていた。彼らはけんめいに土を深く掘って、ミーウムぐゎ（蔓からの自生芽芋）をさがした。収穫を期待して、若い女たちはテントの中から見張りをした。子を抱いたカマドさんも、息をつめていた。

風もなく、よく晴れた日であった。

いったい、どこからその黒人兵があらわれたか、あまり突然で呆気《あつけ》にとられたという。兵は二人だった。

いきなり、一人が夫の脇腹に銃口を突きつけた。

一人が、妻を押し倒してかぶさっていった。

パラパラッと、三人、四人、と大きな黒人が集まってきた。

テントの女たちが夢中で空き缶を叩いた。しかし、どうしたことか、MPはおろか、CPも現われなかった。

悪夢のひとときが過ぎた。

カマドさんは、ふるえる膝がしらを両掌で押えて、私に言ったのである。

「草がね、血で染まっとったですよ。おじい（夫のこと）が抱き起こしたら、コトン、と首を垂れてしもうてな。それが、ただの血だけでなかったさァ。子ぶくろが飛び出して、もう、どうすることもできんのよ。顔が、だんだんと蒼うなって、土の色に変っていきよった」

配給の、わずかな米やとうもろこしだけではひもじかった。しかし、野草を摘みに出ることも叶わないのである。ノブ子さんのテントでも、栄養失調で二人、マラリヤで一人が死亡して運び出された。

「テントから規格家《ヤー》に移ったのは、十二月でしたかね。家といっても萱葺《かやぶ》きのバラックで、やっぱり二十人くらい一緒なんです。ただね、様子が少しちがってきた。あっちの規格家からも、こっちの規格家からも、女の人たちがぞろぞろとどこかへ出かけて行くようになったんです。どういうことかねえ、と思って聞いたら、アメリカーの洗たくやってハミガキ粉や石けんをもらってくる、言うんですよ。一人二人でなくて、団体行動だから安全らしい。そんならわたしも行くって、隣りの規格家のお姉さんについて行ったんです」

しかし、当てが外れた。集合場所に着くと、一列に並ばせられて二世が人選をするのである。十五歳から二十歳までという、年齢制限もあった。

「いやらしいんですよ。じいッと、上から下まで舐《な》めるように見るんです。そして、きれいな人から選び出すわけ。最初は分らないから突っ立っていたでしょう、わたしなんか無視されて通過ですよ。四日も、五日も、一生けんめい朝早くから並んでも駄目なんで、やっと気がついたんです」

彼女は兄嫁に相談した。人選に洩れるか否かは、一家の死活問題なのである。

「おしゃれのしてみようがないんですよねえ。だけど、何とかして採用されたい。ハミガキ粉や石けんだけではないんです。Cレーションてね、アメリカのお弁当みたいなのをもらってくる人もいた。これは羨しかったですねえ。何しろ、あちらの食事一式、コーヒーまで入ってるんです。ああ、もうちょっとお姉さん(年齢が上)ならいいなあ、と思いました」

軍作業は、徴発されるのではなくて、必死の志願だったのである。

彼女は、捕虜民に支給された、ダブダブの軍服の肩や身幅を詰めて体に合わせた。靴は、足が二つ入るような、アメリカ兵の履《は》き古しである。チリ捨て場で拾ったときは、革ぐつの上等だとよろこんだが、よく見ると左右のサイズが違っていた。しかし、履物は誰もが似たりよったりであった。

「おおぜいの列のなかで少しでも目立つように、シナを作って並ぶことを覚えました。どういう表情をしたら二世の関心を惹《ひ》けるか、てね。ヘイ・ユー、ヘイ・ユーと言って人さし指を内側に曲げる。それが採用の合図です。飛び上がるほどうれしかった。連れて行かれた兵舎には、洗たく物が山になってました。パンツや洟《はな》をかんだハンカチ、シーツなんか。一日働いて、石けん一個もらって帰るんです。列をつくって帰る途中で、走ってる車からアメリカーが何かをポーンと投げることもある。恥ずかしいなんて言っていられない。もう、そんな気持はなくなっていますよ。われがちに拾います」

物を投げるのではなく、女の列に向って、ズボンから一物を出して見せる兵もいた。

「引率者がいるから大丈夫だと思っても、怖いですよねえ。あれは男の心理なのか。見せて、きゃーッと言われるのが愉快なんでしょうかねえ」

作業の世話係は、マサオ、という二世であった。生殺与奪の権利をにぎる彼は、捕虜民の女たちの渇望する物資を自由にできる立場でもあるのだった。

「きれいな人を、マサオさんは片っ端から誘惑したそうです。十人も、そういう人がいた、とあとで分ったんですよ。強姦ではないから、ガンガンも鳴りませんしね。嫌だと言えばすむはずですけど、おなかが空いてる、というのは弱いですよねえ。身を守れば、確実に作業から外される。いえ、もっとひどい仕返しをうけるかもしれないんです」

それを、堕落だといって責められるだろうか、と彼女は言うのである。

「わたしはあのとき、せめて十八歳くらいになっていたらもっと稼げたのに、と思いましたよ。でもね、いま考えてみると、その年ごろの娘たちは大変だったろうなあ、と恐ろしくなります。生きるか、死ぬか、ですからね。あれだけの市街戦を経験して、世の中を見る眼が変ってしまってる。取り返しがつかないとか、何とか、理屈言っていられない。わたしだって、もう少し年ごろになっていたら、分りませんよ。もしかしたら、混血児を生んでいたかもしれない。自分が何とか無事に通り抜けてきたから、こんなことが言えるんですけどね」

彼女も、黒人兵に追われたことがあった。数人がCPに引率されて芋掘りに行った帰り道である。二十一年春。十五歳になっていた。

娘たちは、てんでに芋を入れたザルを頭上に、一列縦隊で歩いていた。前方から、アメリカ兵を乗せた軍用トラックがきた。逃げようか、とひるんだが、相手は車だから通過するだろう、とCPが判断した。

トラックがキ、キーッと急停車した。

「ちょっとした溝があったんですけどね。それをポンと飛び越えて、すごい速力で駆けてきたんです。真ッ黒な、大きな塊みたいなのがね。あッというまに捕まれそうになった。CPなんか眼に入らなかったんですねえ。わたしらが、芋を投げつけといて、助けて、助けてエーッてCPにすがりついて泣いたら、諦めて車に戻って行きました。そのときのCPは、いい加減年配の小父さんだったけど、一応赤いヘルメットをかぶってますからね」

砲弾の落ちる戦争が終って半年以上経っていた。しかし、捕虜民といわれた収容所生活は、一刻も心の休まるときがなかったのである。日本の敗残兵に撃たれる恐怖もあった。さらに女は、常時、アメリカ兵の劣情の眼に晒《さら》されていた。規格家へ移ってから、栄養失調で衰弱死する者がかえって多くなったくらいである。マラリヤの流行も激しかった。〝あれは、アメリカーがマラリヤ菌をまいたにちがいない、と言う人もいましたよ〟とノブ子さんも半信半疑の様子だった。そう思われるほど猖獗《しょうけつ》したのである。

死体を葬る作業に追われるくらいだったという。どうせまたあしたも死人が出るのだから、幾人分かをまとめて穴を掘ることにしよう、と埋葬班の人が相談していた。

彼女はまぬがれたが、父が高熱とけいれんで苦しみはじめた。

「毎日、人が死んで運ばれて行きますからね。父は、せっかくここまで恥を忍んで生きてきたのに、マラリヤでなんか死にたくない、と不安そうでした。せめて、自分の屋敷へ帰ってから死にたいよオ、とね。父はキニーネで助かりましたけど、あっちでもこっちでも、ガタガタふるえて苦しむ人を見てるのは大変でしたよ」

痩せ衰えた父に、もっと栄養をとらせたいと思った。作業に馴れてきた彼女は、兄嫁をも誘った。離乳期のちかづいた赤ん坊は母に預けた。

「アメリカーに精いっぱいお世辞してね。読谷《よみたん》飛行場の整備にも行きました。土方でも何でも志願して、帰りには、報酬以外に戦果をあげてくるわけですよ。男のように倉庫へ盗みには行けないけど、作業の休憩時間に仲間と近くの畑へ芋掘りに行くんです。もちろん、他人の畑だから泥棒です。アメリカーも、配給の足りないのを知っていたのか、見て見ぬフリで一、二時間は解放してくれました。おおぜいだからできたんです。もし、一人でこっそり戦果あげようなんて考えたら、自分が担いで行かれますよ。あのころは、B円（軍票）で少しはおカネもくれたと思いますけどねえ。それより、拾ったりもらったりするほうが目的で作業に行ってたから、給料は覚えていません」

収容所内で、婦女子護衛の任務を兼ねた、班長が決められた。初代班長、現、琉球大学教授某氏が、ギヴ・ミー、という言葉を教えてくれた、と彼女は言う。

かつて、あれほど執拗に〝醜敵〟と骨の髄まで叩き込まれたアメリカ兵に、物乞いをする自分がみじめであった。しかし、時流に押し流されてすぐに馴れた。多勢を恃《たの》んで口をそろえ〝ギヴ・ミー〟と手を差し出す日常になっていたのである。

ノブ子さんは、ふと、おびえる眼になった。彼女も三階に部屋をとってあるのだ。更けても案じることはないのに、と私はその視線を追った。狭い、殺風景な私の部屋を見回してから、ぼんやりと窓を眺めている。坂道を車が通るたびに、光のすじが窓ガラスに反射しては消えた。

「アメリカさんや、ヤマトの敗残兵が怖い話ばっかりしましたけどね、沖縄の男にだってひどい人がいました」

顔は窓へ向けたままであった。

その男の被害者は彼女以外にもいたはずだ、と言うだけで、事件の内容には絶対に触れようとしない。ただ、それが戦後二、三年経ってからのことだとは推察できた。

彼女は、両親が懇意にしていた家に下宿して、首里の女学校に通っていた。

ある日、〈沖縄の男〉、それも、信用していた身近な人に追われて、自室からハダシで屋外へ逃げた。大声で救いを求めたら、顎紐《あごひも》をかけたＭＰが二人飛んできたというのである。

いかめしいヘルメットの前に、彼女は息をとめて立ちすくむよりなかった。たとえ言葉が通じたとしても、悪漢はアメリカ兵ではないのだ。

「いろんなことがありました。これ以上くわしい話は、これはもう、死んでも口にできません」

彼女は、やや眼尻が吊り加減の大きな眼を、ようやく私へ向けた。

「わたしばかりではないと思います。あの戦争に遭った人全部、とくに女は、何かしら、他人に言えない傷を抱いて生きているんじゃないでしょうかねえ」

その頬が、いままでにない翳《かげ》りをみせて、かすかにけいれんした。

「稲嶺《いなみね》の嫁姉さんなんかは、どんなふうでしたかねえ。トシも違うし、収容された場所も違いますからね。そういえばホラ、戦争ンとき五歳で嫁姉さんにおぶさってた弟ね、その子を連れて、戦後わたしの二番目の兄のところへ嫁にきたって言ったでしょう。その弟がブラジルへ行ってたんですけどね。去年帰ってきて、嫁姉さんの実家を再興したってわけです。三十何年間草ぼうぼうだった屋敷に、やっと家をつくったんです。それで、立派な仏壇もこしらえて、玄関脇の小屋に祀っていた位牌をみんな持っていった。嫁姉さんも、ながいあいだの責任を果してほッとしているところですから、そのうちにまた稲嶺へ遊びに行きましょうよ」

嫁姉さんとよぶ、セツ子さんの実家のめでたい出来事のほうへ話題を転じた彼女は、やがて浴衣の袖を掻き合わせて三階へおりて行った。

翌々日、ノブ子さんから宿へ電話があった。彼女が、婦人会の奉仕作業で、養護施設にいる混血児の洗たくや繕《つくろ》い物に行っているのはきいていた。そこで知り合いになった、首里に住む、あるひとを私に紹介する、と言うのである。

那覇市久米《くめ》町の立派な琉球料理店へ着くと、彼女はさりげなく席をはずした。私は、初対面のひとと二人きりになった。

面長《おもなが》で、たいへんふくよかな感じのひとであった。肩のあたりがまるまるとした大柄で、白いくびすじが美しい。六十歳を、三つ四つ過ぎておられるであろうか。淡い藤色のスーツに、濃紫の宝石をざっくりと連ねたネックレス、指輪も同色のアメジスト。

何よりも、言葉遣いが上品で、ていねいなのに恐縮した。口調は、終始、ゆったりと、のびやかであった。

――わたくしが、島尻で捕虜になりましたのは、六月二十日でございました。デテコイ、デテコイ、言われましてね。わたくしと一緒におりました知らないおばあさんが、赤ちゃんをおんぶして先に出たとたんにアメリカ兵に撃たれました。あちらの兵隊さんも、さまざまでございますよ。

わたくしは、捕えられて、いま結核療養所のある糸満の兼城《かねぐすく》に一週間くらいいましてから、港に近いテントに収容されました。

もう、戦争があんなふうになりましてからは、生きられるとは思っておりませんでした。いつでも死ぬつもりでございました。わたくしの主人は、召集で出征しておりましたし、子どもたちは国頭《くにがみ》へ疎開させていたのでございます。敗けましたら、子どもはみんなアメリカの軍用犬の餌食《えじき》にするそうですよ、とそんな噂《うわさ》も聞えてまいりましたしね。そうなれば、母親のわたくしは生きていても仕方がございません。捕虜になれば、裸にされて辱《はずか》しめをうける、と申します。どうして、生きてなどおられましょうか。

テントで、アメリカさんがわたくしにも食べ物をくれると申します。逆らえませんので、そこにありました友軍の飯盒《はんごう》を出しました。これはきっと毒が入っているのにちがいない、と思ったのでございます。死ぬ。いえ、これで死ねる、と、そういうつもりで、その赤いお水をぐうーッとひと息に飲み干しました。それが何と、おいしい、ほんもののジュースだったのでございます。死ぬどころか、元気がついて、生きた心地になりました。

死ねる、と思って飲んだジュースで、疲れ果てた体にすっかり生気を取り戻して、捕虜収容所で眠ったのでございます。そして、翌日、上陸用舟艇に乗せられました。私は、こんどこそ、海に投げられる、とそう思って覚悟いたしました。

一時間半くらいで嘉手納《かでな》に着きました。舟艇の、鉄の囲いがガーッとあきましたときは、もう、しっかり眼をつぶっておりましたよ。何の感情もわきません。つらいも、悲しいもなく、ただ、ぼおーッとした、魂の抜け殻《がら》でございました。

ところが、何事も起こらずに連れて行かれましたのが中城村《なかぐすくそん》で、重要文化財の、あの中村家のある部落でございました。そこには、すでに捕虜になっている人がおおぜいいらっしゃいましたので、ああ、わたくしばかりではなかった、とほッといたしました。

いく日か経ちました。字の書ける人はきなさい、ということで、わたくしは事務所で戸籍作りをしたのでございます。

そこで驚きましたのは、アメリカの兵隊と友軍との、たいへんな違いでございます。友軍は、上官が通りますと、直立不動で挙手の礼をいたしますでしょう。それから、少し気に入らないと、往復ビンタとか、ドラム缶を持って立たせる刑罰とか。そういう、若い兵隊さんが将校にいじめられるのばかり見てまいりました。

アメリカ軍では、サージャンとか何とかいう将校たちがそのへんにおりましてもね。下級の兵隊は平気で寝転んだりしておりますんですよ。寝たまま話したりもいたします。直立不動どころか、将校と兵が、和気あいあいなのでございます。罰もビンタも敬礼もございません。

——中城《なかぐすく》へ行きましてから、収容所を抜け出して、子どもが疎開しております羽地《はねじ》へ行こうと決心いたしました。当時は、隣り部落へも自由には参れません。通行証をいただかないと動けない規則でございましたから、これはもう、完全な越境でございます。

鉄条網のカナアミを、一回は夢中でくぐり抜けました。二回目のは、全部電気が通じていると言われておりました。死ぬかもしれません。それなら、それでもよい、と思いました。羽地は、十里（約四〇キロメートル）も向こうでございます。

そのとき、CP巡査をしていらっしゃる、首里の方にお会いしました。やっぱり羽地へいらっしゃるということで、鉄カブトを貸して下さいました。事情は分りませんが、ともかく、心づよいお仲間ができたのでございます。

夜中に、二回目のカナアミを無事突破いたしました。ちょうど電気が通じていない時間だったのでございましょうか。そこのところは存じませんが、ビリッともいたしませんでした。もちろん、そんな姿をアメリカ兵に見つかれば、銃殺されるはずでございます。

子どもに会いたい一心で、死にもの狂いで走りました。山を越えました。谷へ転げ落ちもしました。ズック靴をはいてはおりましたが、足のマメがつぶれたのか、痛くて、痛くて——。羽地は遠うございます。

家も何もない山奥で、一泊することになりました。あれは、どこだったのでございましょうねえ。

男の人は、アメリカ兵にかぎらず、誰もが女に飢えていたと申します。首を絞めて強姦した、という話も聞いております。わたくしは、それも覚悟のうえでございました。

戦争に敗けたのでございます。主人の生死も分りません。これから参ります羽地に、果して子どもたちが無事でいるかどうかも、まるで分りません。越境の罪を犯しているのでございますから、いつ、どんなひどい目に遭わされるか、明日がはかり知れないのでございます。

でも、その夜は、男の方と二人、山奥で何事もなく過ごすことができました。翌日、爽やかな朝を迎えまして、わたくしは、子どもたちに堂々と会いにゆける、とうれしゅうございました。CPの方に、ありがとうございました、と申しました。部落の入り口でお別れしたまま、その後一度もお目にかかっておりません。

羽地村《はねじそん》の親川《おやがわ》で、二人の娘に会えました。わたくしの足はポンポンに腫《は》れて、マメのつぶれたところから血汁が出ておりました。

——国頭での毎日は、敗戦国の哀れさをしみじみと味わう暮しでございました。アメリカ軍艦へ、洗たくに雇われてゆく人もいらっしゃいます。タバコやチョコレートをもらってくるのでございますよ。アメリカさんは、自分の気に入った沖縄の人に、そういう品をくれたようでございます。

沖縄の男たちが、女を手先にして、アメリカの品物を取ってこさせる姿も見てしまいました。もう、男も女も心が荒《すさ》んでおりましたから、コールドクリームをもらうために、ただそれだけのために、平気で体を売る人さえいたのでございます。いえ、お恥ずかしいことに、わたくしはむしろそういう人たちに〝あなた、また行きなさいね〟とすすめる側になっていたのでございます。おこぼれを頂戴することもございましたからね。

〝洗たくに行ってくるねえ〟と言って出かけてゆく人たちのお食事は、それは大したものでございましたよ。うずら豆みたいに大きい小豆のご飯に、バターをたっぷりつけて食べておりました。ええ、もちろん、アメリカさんの物資でございます。

わたくしたち親子は、少しばかりの配給米を、どういうふうにして食べつなぐか、それればかり考えておりました。蕗《ふき》の葉をゆがいて、泉《カー》で黒い汁をすすいでから炒《いた》めても、歯の弱いわたくしには、どうしても固くて噛み切れません。

別屋根のテントには、明らかにアメリカさんのお相手をしている人がいらっしゃいました。そこには、コーヒーもあります。じゃが芋や牛肉、コンビーフも。ホコホコと湯気の立っている小豆ご飯に、お肉をまぶして食べておられます。洋服も、ちゃんとした、美しいものでございました。

わたくしの子どもは、疎開させてから、肌着一枚新調できません。だんだん着古して、破れてまいります。ツギを当てた上にまた当てて、ゴッゴツの、無格好な物を着ております。

長女は体が弱くてテントから出られませんでしたけれど、次女は部落の学校の先生方に連れられて、アメリカ兵の慰問団として行くことになりました。〝キラキラ星〟などの唱歌をうたうのでございます。そういうふうに、子どもたちまで、アメリカさんのご機嫌をとらせるように仕向けられておりました。そのとき、次女が〝お母さん、わたしは洋服がありません〟と言って泣きました。

わたくしも、寝床の中で涙を流しました。どうしてみようもないではございませんか。国頭の土地の人は焼けませんでしたから、まあまあ、何かしら着せるものを持っております。わたくしは、ここでも役場で戸籍作りの仕事をしておりましたので、役得と申しましょうか、不用になった叺《かます》がいただけました。それで、ちゃんちゃんこを縫ってみなさんに売りました。チョコレートなどと取り替えてもいただけますからね。

わたくしが仕事をしておりました事務所で、アメリカの軍作業に行く人の、人選もしていたのでございます。

——ある日、わたくしも、軍作業に行く人たちについて行こう、と決心いたしました。そして、規定の作業だけではなく、たっぷり戦果をあげてきましょう、と思ったのでございます。

それは、あちらで、アメリカさんのお相手でも何でもするつもりになった、ということでございますよ。食べるものも、着せる物もなくては、もう、それよりほかに方法がございませんものね。

軍艦に灯りがついているうちに、朝の六時ごろには艦に行かなければなりません。そのじぶんにチェックされる、と聞いていたのでございます。

そうしましたら、八歳になる次女が泣くんでございますよ。どうせ、学校もないのですし、ご飯も炊いて、火を消して、いざ出かけようとしましたら次女が起きてきて、それは激しく泣くのでございます。お母さん、お母さん、と言ってついてまいります。わたくしは怒りました。

〝お母さんは、これから仕事に行かなければならないんですよ〟と言っても、その日にかぎって絶対に聞き分けようといたしません。振り切っても、振り切っても、泣いてついてきてしまいます。時間に遅れれば、せっかくの計画が駄目になります。

わたくしがこれほど固く心を決めておりますのに、娘が狂ったようにしがみつくのでございます。

〈おいしいものを食べさせたいと思ったのに、あなたが泣いて離さないから、チャンスを逃がしてしまうじゃないの――〉

わたくしは鬼になりました。そこに燃え残っていた薪《まき》をつかんで、いきなり子どもの腿《もも》に押しつけたのでございます。

いまはもう四十歳をすぎましたその娘に、まだあのときの火傷の痕《あと》がはっきり残っております。

わたくしはいま、その傷痕に詫《わ》びながら、娘に、ありがとう、と申します。

わたくしが、一時のひもじさからアメリカさんの相手をしてしまったら、いったい、どういうことになりましたでしょうか。

お恥ずかしゅうございますけれど、そのときは、もう、どうなってもいい、と思ったのでございます。周囲の人の、おなかいっぱいご馳走が食べられる生活を見ておりましたら、自分たちのみじめさが我慢できなくなったのでございます。わたくしさえ死んだ気持になれば、とそう思ったのでございます。

こんなふうに申しますと、いかにも淫《みだ》らがましく聞えるかもしれませんけれど、あまり苦しくて、理性を失ってしまったのでございましょう。人間と申しますのは、そんなに勁《つよ》いものではございません。

あとになって、足に怪我はしておりましたが、主人も無事に戻ってまいりました。わたくしは、あのとき娘が泣いて止めてくれましたおかげで、何のやましい気持もなく、はればれと夫を迎えることができました。主人ばかりではございません。沖縄は、こんなせまい土地でございますから、もし間違いを起こしておりましたら、それはもう、大変な恥さらしになるところでございました。

あのときは、みなさん、ほんとうにおおぜいの女の方が、アメリカさんのところへ行っておられましたよ。わたくしは、ただ、ただ、おなかを満たしたい、子どもたちにも食べさせたい、とそればかり思いつめて、つい心がぐらついたのでございます。

——世の中に、戦争ほど恐ろしいものはございません。

父が親しくしておりました、軍の上層部の方々が〝大丈夫、日本は勝ちます。あなた方は、首里におられてもよろしゅうございます〟と言われました。首里の近くまで砲弾の音が聞えましても、大丈夫、大丈夫、とおっしゃるんでございますよ。

軍人さんはね、戦争がそんなにひどくなっておりますのに、わたくしの家の台所でおまんじゅうなどを作っておられました。好き放題に家の中を掻き回しましたしね。

残念でございましたけれど、わたくしたち民間人は、絶対に何も申せませんでした。

——わたくしは、友軍の兵隊に押え込み（乱暴）をされそうになったことがございます。そのとき、わたくしは庭の壕から家の中へ荷物を取りにきて、茶の間におりました。兵隊がぬッと入ってきて〝奥さん！〟といきなり倒そうといたしますので、無我夢中ではねのけましたら、あわてて逃げて行きました。どの部屋へ入ったか分らなくなったのでございます。その兵隊たちは、あれからのいくさでみんな亡くなったはずでございますよ。

——いよいよ首里を追われて、島尻へ逃げましたときは、毎日雨ばっかりで、ほんとうに難儀いたしました。

夜に、照明弾がピカーッと光りますと、明るいうちにと、土砂降りで掘り返された泥ンこ道を大急ぎで歩くのでございます。兵隊が馬と一緒に死んで、そのままコロンと転がっております。それを、またいだり、踏ンづけたりします。その感触といったら、何とも申しあげようがありません。いま思ってもぞッといたします。

あのときは、沖縄の人もみんな心が荒んでおりましたから、砂糖キビ一本でも奪い合いになったりして、浅ましいことでございました。

さまざまな光景が、いまでもくっきりと浮かんでまいりますよ。

ボンボン、タマの飛んできます石垣の前に、小さな子どもだけが四名、ぼんやり立っておりました。

かと思えば、子どもをおんぶしている人を見て通り過ぎようとしましたら、首がありません。背中の子どもは生きているようでございました。

お母さんがフラフラ歩いておりますけれど、その背中の、子どもだったらしいのが、もう、ぐちゃぐちゃで、腸か何か、内臓が垂れ下がっているのにも出遇いました。

戦争が恐ろしいと申しますのは、それぱかりではございません。そういう、惨《むご》い姿の人たちを見ましても、何とも感じなくなってしまう、ということでございます。

逃げる途中で〝助けてエーッ！〟と叫びながら、血をダラダラ流している男の人にも会いました。その声が、どんなにせつなく追いかけてきましても、他人にかまってなどいられません。わが身が可愛いのでございますからね。わたくしはそれを、必死で捨てて逃げました。そういうことでございますよ。生きながらの地獄と申しましょうか。

日本の兵隊は、乾パンでも何でも、自分だけが食べて、そこに飢えた子どもがいても、一つとて分けてはやりませんでしたよ。わたくしたちは、徹底的に軍に協力しなさい、というお達しをうけておりましたから、知らない兵隊にも〝ご苦労さま〟と挨拶をしました。でも、どんなに可哀そうな子どもがいても、乾パンを一つやって下さい、とは言えません。

それどころか、子どもが泣くと、敵の偵察機にキャッチされるからと言って、子どものオチンチンをひねり上げた兵隊がおりました。人間ではなくなっていたのでございますねえ。

非戦闘員は戦争の邪魔になるからと言って壕を追い出されたのは、もう、どなたも経験なさったことでございます。

それでいて、こう申しては何でございますけれど、兵隊さんは、偉《えら》い方々ほど、辻《つじ》（那覇の遊郭）の女をお連れになっておりましたよ。民間人を壕から追い出して、ご自分たちは遊女をはべらせて、楽しみながら、ということでございます。お信じになれないかもしれませんけれど、わたくしたちは事実を見て知っております。ある偉い軍人さんは、首里の壕の中で、辻の女と一緒に自決なさったんでございますよ。

あ、そうそう〈トツゲキ一発〉という、ゴム製品がございましてねえ。将校慰安所になっておりました、お医者さまの家へきていたそういう女の人たちが、たくさん持っていたのでございます。奥さまもこれをお使いになりませんかって、頂戴いたしましたよ。とても肌ざわりのいい品で、トツゲキ一発、と書いてございました。私は、それが何に使うものか、まるきり分らなかったのでございますよ、ホホホ。とんだ長ばなしをいたしましたけれど、わたくしは、自分の遭ったこと、見たこと以外は、絶対に付け足しを申しあげてはおりません。

私は、十二月に沖縄へきてしまったことを内心後悔していた。ノブ子さんに稲嶺へ行こうと誘われたが、農家の年末は忙しいのではないかと心配になったのである。

「沖縄のお正月は旧でやるんですよ。あした、またバスで行ってみましょう」

ノブ子さんは受話器の向こうで明るく笑った。

五十四年二月以来だから、十か月ぶりである。セツ子さんの家はだいぶ様子が変っていた。

戦没した、彼女の父母きょうだいの位牌が祀《まつ》られていた小屋は、取り払われて跡形もなかった。玄関の格子戸がアルミサッシになり、内部も改築されたようである。

「あのとき五歳だった弟が、ブラジルから帰って家を建ててくれたからね。うちもこれでやっとゆっくりしたさ。わッたア（私は）この家へコブ付きで嫁にきてよ、いまでも夫婦げんかやるとその話になるもんね」

〝兄さんも口がわるいからねえ〟とノブ子さんは屈託なさそうにセツ子さんを見た。

朝からの曇り日で、珍しく肌寒かった。晴れると半袖になりたいほど暖かいのだが、私は座卓の前で行儀わるく首にスカーフを巻きつけた。この家へくると、なぜか私はくつろいだ気分になるのであった。

「嫁にきた、いうてもよ、いまの若い人とちごうて、好きも嫌いもなかったさねえ。もろうてくれるいうからね、それだけよ。摩文仁《まぶに》でお母アや妹らに死なれてしもうた。捕虜されてからも、うちみたいに哀れした者はあんまりいないはずよオ」

十八歳だったセツ子さんは、五歳の弟を背に、十一歳の妹を連れて、アメリカ兵に言われるままに、玉城《たまぐすく》、知念《ちねん》、船越《ふなこし》と収容所を転々とした。〝班別に、仕事はさせよったよ〟と彼女は言う。石川の収容所でテントにひそんでいたノブ子さんとは、状況がちがうようだった。

班別に、畑を耕せとか稲刈りをせよなどと農作業を命じられた。初めはやはりテントであったが、船越では焼け残った馬小屋の一隅に移った。女所帯の雑居である。

「誰の畑か分らん、行った先々の部落で芋を植えたりしたわけよ。自分らが収穫できんでも、作っとけば、いつか誰かが食べられるからね。うちなんか、二十四班だったさ。アメリカの配給、一人当り何ぼ、いうてみんなに配るのも仕事のうちよ」

船越でねえ、と彼女は眼球をぐうーッとみひらいた。

「黒ン坊が入ってきてよ、大変だったよオ。ガンガン叩いてからに、人を呼んでからに――。一緒にいた姉さんひとり、担がれてしもうてよ。畑ンとこまで行ったときにMPがきてくれてさ。黒ン坊、尻っ尾まいて逃げおった。もうちっとであの姉さんは大変したよね。馬小屋だから、カギもかからん。毎晩、足音せんか思うてビクビクして、ろくに眠れんかったよ。でも、そういうのは誰でものことだし、ずっとあとまでつづいたもんね。しゃべりだてになんかならんさ」

セツ子さんは、数えるほどしか軍作業には出なかったという。縫い針やフライパン、弁当箱などがほしくて二、三度行っただけである。

「弟や妹をほったらかしにしとけんしねえ。うちは、ほかの人とおンなじことはできんのよ」

幼い二人の、腹を満たし、ボロを繕《つくろ》うのに追われていた。

「あのときはもう、弟も妹もいらん、自分一人がいいさ、と思うくらいだった。うちは自由に動けんし、アメリカの配給ぐゎくらいもろうても足りんしさ。そこいらに生えているもので、食べられる葉っぱは何でも口に入れたよ。カズラ（芋の蔓）、ヨモギ、ミツバ、蚕が食べる桑の葉っぱ、あんなのを片っ端からゆでてからにね。配給の米ぐゎほんの少し入れて、水いっぱいにしてよ。男がいる家族は、アメリカ兵舎やあちこちの壕なんかさがして、夜のうちに戦果あげてくるさね。缶詰や味噌や米ぐゎなんか見つけてきて、こんなしてうまそうに食べよったけど、うちは女だからよ。アメリカ兵隊怖《こわ》くて、どこへも出られんかった。戦果あげられる人が羨しかったさ」

きょうだい三人が寄り添って、空腹をこらえながら寝た夜がどれほどあったか、と言う。しかし、なぜか彼女はけっして深刻な表情にならない。悠揚とした口調で、ときにかすかな微笑を浮かべてみせる。つい、つられて、私もかるくうなずきながら聞いてしまうのだった。

ようやく解放されて、元の稲嶺へ戻ってきたのは、二十一年七月であった。

「よろこんでよ。まず、その日にすぐお母アだちの遺骨拾いに行ったさ。摩文仁の、やられた場所は覚えているからね。わッたア、あンときお母アと上の妹、おばアと下の妹に一枚ずつ着物をかぶせて四隅《よすみ》に石をのせといた。CPにそれを言うて、ついて行ってほしいって頼んだのよ。年いったCPが、そんなら片付けられんであるかもしれんね、て行ってくれたさ。芋五十斤入る大きな叺《かます》さがしてきてよ。アメリカーの、毛糸編みみたいなざくざくの袋さ。一年も経ってたから、肉は全部腐って落ちとったけど、骨はそっくりしてたのよ。もんぺの切れっぱしぐゎなんか、少し模様ぐゎも残っていたし間違いなくお母アだちさ。頭はね、あれが髑髏《されこうべ》っていうのかねえ、鼻も眼もたアだ穴ボコになっとった。スコップも何も道具がないからね。まず、頭を四つ、手でつかんで別にしといて、小さい手足の骨をさきに叺に入れてよ、最後に頭の骨を上に置いた。汚いとか、気持わるいとか、そんなことは全然思わんさ。暑いから、汗ボトボト落ちてくる。お母アが死んだときは涙一滴出んかったけどね。遺骨とるときは、汗か涙か分らんように顔も何もぐしゃぐしゃよ。もうちょっと早くに日本が降参しとったら、お母アだちもこんなして命落とさずにすんだのによ。沖縄全滅して、広島も長崎もあんなになって、おおぜい、おおぜい殺してからやっと手エ上げても遅いさ。わッたア、一年も摩文仁に転がされとったお母アだちが哀れでよ」

ＣＰにせかされて叺を頭に乗せた彼女は、振り落ちる涙を掌でこすり、泣きじゃくりながら歩いたという。

収容所で支給された軍服の背中が、汗でへばりついていた。ボロ布をまとった弟と妹もハダシである。摩文仁から稲嶺までの一〇キロメートルちかい道は、ただ、白い土埃の中を歩いた記憶しかないが、きっとまだ死体もあったのではないか、と彼女は不確かな表情をした。

「墓もね、爆弾でペシャンコになってたけど、何とか穴に骨を入れてよ。あの晩は、力抜けてそのまンま墓の中に寝たさ」

部落へは、生き残った人びとが帰ってはきた。しかし、そこには荒れ果てた土地があるだけだった。セツ子さんの家は、多少南面が低い傾斜地だったはずだが、なぜか高みが削り取られて、平地になっていた。

防衛隊の生き残りや、元気な少年のいる家族は活気があった。防空壕の枠木《わくぎ》などを取ってきて柱を建て、萱《かや》を刈って屋根を葺《ふ》いた。枠木だから天井は低いが、チリ捨て場から空き箱を拾ってきて床に並べると、一日で住めるようになった。彼女もけんめいに材料を集め、隣人に手伝ってもらって屋根を葺いた。

「家というても、どこからでも入れる小屋だからね。夜が怖かったさ。アメリカーだけでないよ。防衛隊から帰ったら家族が全滅しとったっていう独身男もおるしね。いつも、ガンガンと、こんな太い棒ぐゎを枕元に置いて、ちょっとでも音がしたら飛び起きてよ」

その家は、風が吹くとひとたまりもなく屋根がはがれた。台風には柱もへし折れた。半ば朽ちている壕の支柱は、二度と役には立たなかった。そのたびに、彼女は部落中を頼みあるいた。

「二十一年の末ごろから、国頭や本土に疎開していた人たちが戻ってくるようになってねえ。中城の久場崎《なかぐすくくばざき》まで船できて、あとは車で連れられてきよった。あの、いまの公民館の前でおろされるのさ。そういう人に会って〝みんな、元気ねえ？〟て聞かれても、何て答えたらいいか分らん。うちは気が小さいからよ。涙ポロポロ出るばっかりでさ。西隣りの嫁姉さんがね、ダンナさんは防衛隊で死んだし、家族五名全滅したのを知らないで国頭から帰ってきた。〝ああ、あ、わたしは一人ぼっちになったよオ！〟て何もない屋敷跡に坐って泣いていたさ。うちはね〝いいや、あんたのほうがまだましよ。わッたア、小さいの二人も連れてどうにも身動きならん。お母アと一緒に摩文仁で死んだほうがよかったよオ〟て、抱き合うて泣いたさ」

　敷地も畑も区別なく轢き均《なら》されて、土が石のようになっていた。

「ふつうに掘り起こしても畑になんかならんからよ。朝早うから暗うなるまで、何日も何日もかかって開墾あけたのさ。そうしてからやっとイモ植えたけど、穫れるまでに五か月はかかるからね。そのあいだ、やっぱり草でも何でも入れたおじやも腹いっぱいは食べられん生活よ。おカネもないからね」

　ようやく芋の収穫時がきた。土質が変ったせいか、よいものはできなかった。

「こんな小さい芋ぐゎを、包丁で皮をむいてからに、ウムニー（芋を、煮てつぶし、練ったもの）を作る。それを頭にのせて毎日那覇まで売りに行ったのさ。夜中の三時に起きんと間に合わん。国防色の兵隊ズボンはいてハダシで歩くのよ。アメリカーや黒人兵に見つからんように、死にもの狂いで行きよったもんさ。仲買人にウムニー売って、米ぐゎやソーメンぐゎ買うてくる。闇のモビール油があるって聞けば、カンカラー持って飛んで行く。モビールっていうアメリカーの機械油で野菜を揚げるんさ。熱い天ぷらはおいしかったよオ！　あとで腹痛うなったけどね」

　かまどは石を三個置けば事足りた。鍋は、大砲の薬莢《やっきょう》で作った。緑青《ろくしょう》をふくので、にんじんをゆでても青くなってしまった。鉄カブトの鍋なら上等だが、なかなか手に入らなかった。茶碗は缶詰の空き缶である。

「おもしろいよオ。おなか空いてるから、おじや煮えるのが待ちきれんさねえ。洋服ぐゎでこんなしてつかんで、アチチ、アチチて食べたさ。カンカラーに海の水汲んできといてよ。芋の葉っぱ浮かしておつゆにするんだけど、アレは苦《にが》いねえ。ひもじいときは、何でも腹さえいっぱいになれば、うまいまずいなんて言うとられん」

　――わッたア、どうしてこの家へ嫁入りすることになったんだか、いまはもう覚えてないさねえ。何が何だか分らん。あのときはもう毎日苦しい思いばっかりしてたから、無我夢中だったさ。

結婚は、二十二年三月である。夫、真栄さんが満洲から復員した翌月だった。

「わたしの二番目の兄ですよ。父が、ねえさんのこと気に入って、早く嫁にしろってすすめたんです」

そう言うノブ子さんを、彼女はくッと笑いをこらえて見つめた。

「排水溝はもう人間でいっぱいだよ、これ以上入れるかって言うた、あのお父さんよねえ、アハハ。うちはもう、相手を好きか何か、そんなこと考える余裕はなかったさ。誰でもいい、言うたらヘンに聞えるかもしらんけどね。住むとこもまんぞくな家でない。弟らを食べさすのも大変。だいいち、夜がくるたんびに気イ遣うて、ろくに眠れんかった。ほんとにアレだったよ、男を選ぶとか何とか、そういう気持はないさ。嫁にこいって言うてくれたから、そうしただけよ。近いからね」

婚家もまだバラックだった。家族は、舅姑と義妹のノブ子さん、未帰還の長兄の妻。神経痛のうえに脳溢血で半身不随の舅は、セツ子さんの作る乏しいウムニーを、もっとくれとせがむ病人であった。

彼女は、生家と婚家の畑をけんめいに耕した。やがて、中学を卒業した妹は、那覇の美容院へ見習いとして住み込んだ。セツ子さんにも長男が生まれていた。

「いくらいい人たちだっていうてもよ、姑も一緒だったから気兼ねだったさ。一生けんめい働いたよ。でも、やっぱりコブ付きだからねえ」

「ねえさん、もういいよオ。コブ、コブ言われた人があんなに立派になって、お家《うち》も建てたんだからね」

二人のやりとりは少しも湿っぽくなかった。誰でもいいと思って嫁にきた、と言うセツ子さんが「根の優しい人だからよかったけどさ」と、ぬけぬけと惚気《のろけ》てみせるのであった。

第五章　あかばなぁ

どうしても、こんど沖縄にいるあいだにもう一度会いたい人があった。私は、年末の二週間を、毎日のように宿から電話をかけて待ちつづけた。

前回の五十四年二月にも、その前にも、快く会ってくれた人である。

ツルさんは、那覇の料亭で働いていた。店で、内儀が同席した日もあった。自宅へのバスの乗り継ぎ方と、降りてからの道順まで教えられていた。

それが、どういうわけか、このたびは頑《がん》として応じてもらえないのだ。しかし、電話の声はけっして突慳貪《つっけんどん》ではないし、不機嫌でもなかった。

〝ちょっと忙しいもんですからね。あしたの昼ごろ、店へ電話してくれませんですか〟

翌日は内儀が出た。

〃いまは集金に出てるんですよ。きょうは店へ戻ってこないと思いますので、またこのつぎにして下さい。すみませんですねえ〃

たいへん鄭重《ていちょう》な口調なのだが、言外に何となく割り切れないものが残った。私はゆっくり受話器を置いて、そのまま白い壁を眺めていた。とりつくシマのない気持であった。

彼女は、若く見えるが五十代半ばのはずである。五十三年に初めて料亭を訪ねたときは、もう一人、彼女の朋輩《ほうばい》が一緒だった。二、三歳は若い様子で、艦砲の破片に脇腹をえぐり取られているという、美人であった。二人を、私はある新聞社の那覇支局長に紹介されたのである。

〃いや、そりゃァひどい傷痕《きずあと》でしてねえ。あ、ヘンに思わないで下さいよ。ぼくはただ、酒の席で見せてもらっただけなんですから――〃

心持頬をあからめて、早口で言った。彼に相談したかったが、それからじきに東京本社へ栄転されていた。

私は、傷を見てはいない。しかし、戦争が遠くなればなるほど、銭湯へ行ってもジロジロと見られて恥ずかしい、と言った。ふだんは見えない場所の傷でもねえ、とわらってみせる彼女は、ずっと独身だそうである。怪我をしたために、五月初旬に捕虜になってアメリカ軍の病院へ送られた。無傷のツルさんは、垢《あか》と泥にまみれ、空腹で眼ばかり光らせてジリジリと南下していった。

宇江城《うえぐすく》のあたりだったか、と記憶は定かではない。片腕が、付け根から千切れそうになっている中年女に出会った、というのである。いきなりもんぺの裾をつかまれてしまった。

「もう片っぽうの手が、死に力っていうかねえ。振りほどけないんですよ。何か言ってるみたいだけど、聞き取れないしね。みんなどんどん先へ行くのに、わたしはもうどうしていいか分らん。夜が明けたら、タマがきて大変しますからよ」

彼女は、水筒に水が残っているのを思い出した。怪我人に水を与えたら出血多量で死を早める、と聞いていた。彼女はとっさにそれを実行したのである。

うしろを見ないで、力のかぎり走った。ふと、もんぺを引っぱられたような気がして、足をとめた。錯覚だった。

突ンのめりそうになって立ち止まると、断崖の上へきていた。前方の人影について、彼女も夢中で崖を伝い下りた。体一つがやっと入れる、小さな岩の窪みがあった。

陽がのぼった。岩の隙間《すきま》からしたたり落ちる水で口を濡らした。

〝デテコイ、デテコイ〟

目の前にぎっしり並んだ、軍艦からの声であった。

周辺に、かすかな人の気配はするが、動かなかった。水滴をすすって、昼を迎え、夜を送った。数日が過ぎた。朦朧《もうろう》とする一瞬はあるが、まだ大丈夫、と海を睨《にら》んだ。

軍艦からの声は執拗につづいた。

眠ってはならぬ、と思った。近くで、大きな水音がした。人が海へ落ちたのだった。そのとき、片腕の人が追ってくるような気がした。けんめいに幻想を払い退けながら、彼女は腰の手榴弾をさぐって握りしめた。

〝アンマー（お母さん）よオ！〟

艦砲射撃の激しかった夜に、母とはぐれてしまった。それがどこであったかは分らない。前後の人がみな飛ばされて、死人の下敷きになった彼女が助かったのである。

母も、おそらく生きてはいまい。

ツルさんは、ためらわずに信管の止め栓を抜いた。

岩角にぶつけた。力いっぱいぶつけた。二度までを、彼女ははっきり覚えている。衰弱しきっていたせいか、そこで失神した。手榴弾は爆発しなかったのである。

意識が戻ったのは、アメリカ軍のトラックの上であった。

「あの手榴弾は不良品だったんですかねえ。それとも、うちの力が足りんかったか。舌もよう嚙《か》みきらんと、捕虜されてからに——」

うちばっかり、こんなにながいこと生きてしもうた、と彼女は両掌をきつく組み合わせて声を落とした。母は、不明のままだそうである。


小雨の宵であった。料亭の玄関に、客らしい人声がした。私はそこまでを聞いて町へ出た。流しのタクシーを何台もやり過ごした。灯を入れた料亭の軒灯を振り返って、ツルさんにまた会いたいと思った。


あまり早くに自宅へ電話をかけて、眠りを妨げてはならぬ、と受話器を取ってみては元へ戻した。正午ちかくに思いきってダイヤルを回すと、応答がなかった。料亭では欠勤だという。

十二月二十二日であった。途方にくれた私は、せめてツルさんが死を決した、ギーザバンタへ行ってみようと思い立った。

那覇市内のタクシーに二十人はいるという、女性運転手の一人、洋子さんの厄介になるのは、これが三度目であった。

首里《しゅり》に近い宿を出て、国道三三一号線を糸満《いとまん》まで南下するのに約三十分。さらに、ノブ子さんが逃げまどうた、名城《なしろ》、福地《ふくじ》を通って、白っぽい泥道に入った。

年末のせいか、戦跡公園に近いというのに、どこも閑散としていた。沖縄でこんなことは初めての経験だが、車に暖房を入れてもらった。寒いのである。

「ギーザバンタは四キロも断崖がつづいているっていうけど、どこにも標識が出てないわねえ」

「お客さん、申しわけないですね。わたしも話に聞いてるだけで、来るのは初めてなんですよ」

黄色いショベルカーが一台。数人が道路工事をしていた。若い人たちである。不案内だと言う。ほそい行き止まりの道へ入り込んで戻ったりしながら、ようやくそれらしい海辺へ出た。

誰もいなかった。道標もありはしない。ただ、荒涼とした絶壁が曲折しながらつづいていた。白く泡立つ波が岩礁に打ちつけ、海面には、不吉な紋様の黒い藻が浮いている。

海を背にして立つと、見渡すかぎり、なだらかな起伏の低い丘陵地帯であった。人家も何もない。これが摩文仁の丘の一部なのであろうか。新しくしき均《なら》されたような白っぽい道は、すぐそこでプツンと切れて、短い草の密生する原野につづいた。

断崖への突端に、子ども用自転車の、車輪とハンドルの部分が別々に捨てられていた。まだピカピカ光っているその金属部分が、あたりの光景とひどく不釣り合いであった。

「さびしい所ですねえ。でも、ここにまちがいないと思いますよオ、お客さん」

ギージャバンタ、と発音する人もある。

あの、ひろびろとした丘にアメリカ兵がいれば、崖から手指ひとつ出しても撃たれたであろう。ひそんでいた岩穴は、軍艦からまる見えだった。この先の喜屋《きや》武《ん》岬にくらべると、ずっと単調な断崖がながながとつづいていた。追い詰められた人びとが、敵兵と軍艦とにはさまれた最後の場所である。

私は、洋子さんに支えられて崖をのぞき込んだ。ジュースの空き缶一つ落ちてはいなかった。きのう、多くの屍体を片付けたばかり、というように見えた。

曇天のせいか、海も空も、沖縄らしい碧さを失っていた。眼下の濃い藍《あい》色の波が、黒い藻をからめて岩礁を洗うさまに、私は息をのんだ。

「タクシーやってるくせに、ギーザバンタを正確に案内できないなんて、失格ですねえ」

洋子さんは、しきりに謝りながら土埃《つちぼこり》を立てて車を走らせた。彼女は三十歳くらいであろうか。くりッとした眼の丸顔で、滑らかな小麦色の肌をしていた。

「あ、こんな所に病院壕があったんですね」

道ではなかった。ただの荒地を突っ切ろうとしたとき、そう刻まれた七、八〇センチのほそい棒杭に出遇ったのである。壕のあとは分らないが、あるいは深い自然洞窟だったのかもしれぬ。病院壕なら広いはずである。遺骨の収集はすんでいるのだろうか。

きょうの洋子さんは、運転者ではなくて、私のわがままな旅の道連れであった。やがて、左手に〈北海道〉と白く刻み、堂垣内《どうがきない》、と知事名の入った新しい石碑が見えた。車を停めると、小砂利を敷きつめた遥かな奥に、純白の球型を三個重ねた、美しい慰霊塔があった。参拝者の姿はない。

その右手前に大きな土まんじゅうがある。天辺の、笠を二つ重ねてかぶせたような石積みの中央に〈魂魄〉とのみ刻まれた、古い小さな墓石がのっていた。土まんじゅうは、びっしりと苔《こけ》におおわれている。前に、おもちゃのような黄色いプラスチックの筒が一つ。しなびた小菊が少し供えられていた。

隣接の、整備し尽くされた広大な敷地とは対照的に、いびつで、いまにも崩れそうな、不安定なたたずまいである。どう見ても、これは塔ではなくて、土まんじゅう、否、人の身長よりやや高く、直径十数メートルはあろうかと思われる、塚としかいいようがない。周囲ぎりぎりに、まだ幹のほそい樹木が植わっているだけで、敷地のゆとりはなかった。

私が掌を合わせているうちに、洋子さんが、どこからか、大柄な中年のひとを連れてきた。見ると、道端の粗末な台に切り花が申し訳程度に並べられていた。

彼女は、私に黙って、花の売り手がいるはず、と塚を知る手がかりになる人をさがしてきてくれたもののようである。

——珍しいねえ、お客さん。ここは観光バスもこないし、あまり知られていないのにね。

私たちも、目指してきたわけではなくて、何となく車を停めたのである。

——いっぱい立派な塔はできてますけどね、ほんとうに遺骨が入っているのはここだけなんですよ。

上部の、笠の形をした斜面の裏側に、長方形の石蓋《いしぶた》が二個あった。

――あれはね、つい最近蓋を取れなくしたんで、それまではすぐあけられよったんです。アメリカーが、頭蓋骨《ずがいこつ》を持ち出してお骨に赤いペンキ塗った飾り物作ったりなんかしたんですよ。わたしは、散らばされた遺骨を片付けながら〝あんたたち、アメリカーがこんなにしよるから化けて出てやんなさいよオ〟て言いました。

あとのほうは方言だった。洋子さんに訳してもらったのである。

私は花を買って供えた。人間は、私たち三人だけ。海風が冷たく、さむざむとした光景であった。

このひとは近くに住んでいるのであろうか。台の上にある数束の小菊は、すっかり生気を失っていた。まったく人通りのない塚の前で、これが生活の糧《かて》になろうとは考えられなかった。

――ここには、それこそぎゅうぎゅう詰めに遺骨が入っているんですよ。わたしらが手伝ったんですからね。遺骨というより、やり場のない屍体をそのまま入れたんです。アメリカ兵のもありました。敵も味方もない。人間のお骨ですからねえ。アメリカーのも、ちゃんと拝んでから運びましたよ。全部で三万五千六百体とかっていいますけどね、実際はもっと多いと思いますよオ。

彼女は、この米須《こめす》部落の農家の娘だそうである。昭和二十年には十四歳だったという。ノブ子さんと同年である。

——あっちに見える畑のへんに、学校がありましてね。その道路わきの下が、わたしが最後に入った壕だったんです。大きな自然壕でした。いまでも、埋まりきってはいないと思いますよ。三階まで櫓《やぐら》かいた、兵隊さんの壕へ無理に入れてもらったんです。それまでは、あとお母さんと弟、叔母さん一家と逃げあるいていました。夜になると、わたしがよその畑でも何でもさがして、芋や豆を取ってきてね。

あの時代は、まだ戦争がこないじぶんでも、朝早く畑へ出て、芋掘ったりキビの葉っぱ取って馬にくれたりしてから学校へ行きよったもんです。学校でも、竹槍訓練やタマ運びもしたしね。それで、戦争がひどくなってから何でもできたんですよねえ。

——どこをどう逃げたか、よく覚えていませんけどね。死んでるお母さんの上に乗っかっておっぱい飲んでる子どもも見た。でも、わたしらはもう大変してますからね。そんなのかまわずどんどん行ったですよ。

壕の入り口で直撃された人も見ました。産み月みたいなひとでした。片足もぎられてその場で死んだんです。わたしらが樹の蔭に隠れてたらね。その人の親、だいぶおばあさんでしたがね。娘がやられたのを見てアタマが狂ってですね。タマのくるところへ出ていって、釜を持ったまま池へズブズブ入って行くんですよ。伏せすること分らんから、すぐに撃たれて死にました。

――ホラ、あそこに梯梧《でぃご》の樹があるでしょう。あのくらいの所にタマが落ちれば助かりますよ。こんなにして伏せして、破片が飛んでいってから立てばどうもないんです。照明弾が上がったら、溝の中にでも何でも転がってしまえばいい。じきに破片が雨みたいに落ちてきます。でも少し距離があれば大丈夫。そんなこと、何回も、何十回もありました。トンボは、一般の女の人は滅多にねらわない。男は見のがしません。しつこく追いかけましたね。

――艦砲射撃っていうのは、三発はかならずきます。ヒュウ――という音が聞えたら、遠い。向こうでドーンと撃つ音は分りますからね。そのあとで音がしなかったら、これは近い。もう、そこまできてますよ。たくさん、たくさん、やられた人を見たけど、もう、ものを言いきらんですよ。わたしがやられたんか、他人か、何が何やら分らんようになる。敵が憎いとか、やられて可哀そうとか、そんなことも考えきらん。

――最後のころは、もう日本は勝てないと思いましたねえ。軍艦が、ぐるッとこの島をとりまいていたし、編隊した敵の飛行機が、蜂《はち》みたいにウヮンウヮン飛んでくるんですからね。沖縄の空いっぱいの飛行機ですもんね。迫撃砲から何から、ボンボンボン太鼓叩くとおンなじで、休みなしに撃ってくる。叶うわけがないですよ。

標準語を、しっかりとした口調で話す人であった。ひとり暮しなのであろうか。道の右手奥に、売店ふうの小さな建物があるが、窓に戸もなく、品物はおろか、椅子一つない、廃屋であった。

——わたしは丈夫だったんですねえ。逃げる途中で、人間や豚や馬の死体がいっぱい浮いてる池の水を飲んでも平気でした。沖縄は暑いですからね。泥ンこの腐れ水ですよ。壕に入れてもらってからは、上からシタシタと落ちる水でいつも体がびしょ濡れでしたけどね。地面にわざと足を突っ込んで、足跡のくぼみに溜った水をすくっては飲みました。それは、おいしい水でしたよ。

——壕に入ってじきですよ。もう、六月二十日ごろでしたからね。アメリカーがきて〝デテコイ、デテコイ〟してからに〝ご馳走食べさせる〟言うてね。日本語のビラもまきよったですけど、壕の中の人は怖がって一人も出ません。アメリカーは、裸にして耳を落とし鼻をそいで、おもちゃにしてから殺すって友軍が言いましたからね。

わたしらはね、どうせ死ぬなら、最後に明るい所を見て、お水を腹いっぱい飲んでから死にましょう言うて、覚悟をきめて壕を出たんです。朝の三時ごろだったけど、照明弾がパッパッと上がって昼みたいでした。もう怖くなんかない。撃たれたってていい。釜を持って、海のほうの、水が湧いてる所へ行きました。弟と、それから部落《シマ》の人、五、六人一緒にね。そんとき、壕のほうが真ッ赤になった。ほんのひと足ちがいで火イつけられたんですね。

――壕にいた人は全滅ですよ。ガソリンぶち込んで爆弾入れたんですからね。入り口の人の、飛ばされた肉や血しぶきが見えました。人間だなんて思えない。散りぢりに飛んだ、血だらけのクズというか。

水を飲んでから、ああ、どうしようかねえ、て立ってたら、そこへにゅッとアメリカーがきたんです。

――お客さん、喜屋武岬をご存知ですか？　あそこはむかし喜屋武望楼といって、灯台があったんです。そこへ、わたしらは遠足に行きよったもんですよ。

あそこへね、敵に追われた女の人がおおぜい落ちたって言われてますけどね、ちがいますよ。捕虜されたら、女は戦車の前に裸でハリツケにしていたずらする、言いましたからね。みんな自殺ですよ。

友軍の兵隊と一緒に死んだ娘さんもいます。わたしの親類にもいたんです。食べる物がないでしょう。友軍と仲良くしてたら米味噌の心配もない。いつ死ぬか分らんのだし、親も黙って許してたんです。わたしはまだ十四歳だったけど、そばにいたからそのくらいは分りましたよ。母親のほうがさきに破片でやられてしまったんですがね。

兵隊も、どうせ死ぬんだから、と、そういうことだったんでしょうねえ。誰も彼も、お国のためには死なんといけない、という教育でしたからね。同じようなことはいくらでもありましたよ。

七歳の弟を連れて捕虜になった彼女は、宜野湾《ぎの》の収容所で義母とめぐり会った。それからは、芋掘り作業などをしながら、収容所を何か所も移動させられた。

――中頭《なかがみ》（本島中部）にいたときですよ。弟が、腹ばっかりふくれて、手足は骨だけの栄養失調で死にました。

そのじぶんにはねえ、と彼女は寒そうに掌をすり合わせて私をじッと見た。

――テントへアメリカーが忍んできよって、どこも大変しましたよオ。六斤カンカン叩いて人集めたら逃げて行くけど、担がれて行った娘もいましたよ。毎晩、カンカンの鳴らん日はなかったですねえ。

――便所へ行くのが大変です。真ッ黒い人がぬウと立ってますからね。もう、こんなして、シーツぐゎとか、タバコ、缶詰なんか見せて、これやるからオイデってね。そういうのは、強姦でなくて、何というか、話し合いですかね。なかには、家族と相談して、自分からもらいに行く女の人もいた。そのまま、あっちの男のハーニー（恋人）になった人もいます。

ふつうの娘は、頭に三角巾をかぶるなって言われてました。軍作業へ行くフリして三角巾かぶってる人は〝私は身売りします〟ってことなんです。あのころは、野っ原で売春やったんですね。沖縄の男が仲介して、リベート取ったとも聞きましたよ。おカネではなくて、缶詰や毛布、タバコなんかです。でも、そういう女の人はしょげてなんかいません。生きるためには、それしかないんですからね。プスプスガールって言葉が流行《はや》りました。プッシュ、の意味でしょうかねえ。男が押すでしょうが――。アメリカーが教えたんでしょうね。

激戦場であった米須は、沖縄本島南端の東海岸ギーザバンタと、喜屋武岬との中間である。

――わたしらが元のシマへ戻れたのは、二年もあとですよ。畑はみんな戦車で轢き均《なら》して、セメントみたいに固まった土に草がぼうぼうと生えてた。それを、ツルッパシで起こしたんですけどね、怖《こわ》かったですよオ。人間がいっぱい埋められていますでしょう。男も女も手榴弾持ってますからね。信管を引っかけたら爆発するんです。それで死んだ人もいます。うっかりカッツン、カッツン掘れませんよ。気をつけて、まずそッと着てるものを剝《は》がします。なるべく骨だけにしてこの塔へ入れたんです。出血がひどかった人はね、体が腐れていないから分ります。スルメみたいに固アくなってね。そういうのはもうどうしようもないから、そのまま静かァにあの中へ運びました。わたしの家の畑にも、二年も経ってるっていうのに、まだ十四、五人も埋まってたですよ。名前も分らない。顔も、年格好もはっきりしない。ホラ、戦車で轢いてあるんですからね。遺族の方に知らせてあげようがないんですよねえ。

——戦争あと、米須へんには青い木が一本もなかった。どこも、まッ白い石みたいな禿《は》げ山になってました。何しろ、最初に飛行機からガソリンまいて、焼き払ってからタマを撃ち込んでるんですからね。いまある、木麻黄《もくまおう》も梯梧《でいご》も、全部戦後に植えたものですよ。

——ハイ、わたしの怪我は少うしです。それも、戦争が終ってからなんですよ。そこいらで拾ってきた、古い木っきれで芋を煮てたんです。その木に機銃ダマが撃ち込まれてたのが分らなかったんですよねえ。火イつけたとたんにバンと破裂して、眼の、ここんとこに刺さりました。

二時間、いや、もっとながいあいだ、私たちは塚の前に坐って話し込んでしまった。名も知らぬ、初対面の人である。

途中で、何度か話は中断した。彼女は、道へ伸ばした左膝をスラックスの上から撫でさすった。捕虜になったときは、歩けないほど腫れていたという。知らぬまの打撲か、壕内で水浸しになっていたためか、分らない。それが、生涯の痼疾《こしつ》になったというのだった。

彼女は、風に向ってゆっくりとしゃべった。

――戦争の御願《うがん》は、果てしがないんです。いくらスーコー（焼香。法要の意）をやっても駄目ですよ。

戦争でやられた人の魂は、びっくりした、そのときに抜けてしまってますからね。たとえ、誰のお骨か分ったとしても、そこからはもう魂を取ってくることはできません。

摩文仁《まぶに》で、慰霊祭だの何だのって、このごろさかんにやってますけどねえ。戦争の御願は、やってもやっても、絶対に通じませんよ。

いつかねえ、五人の子どもを防衛隊や艦砲で死なせた、八十歳のおばあさんが泣いてました。

〝本土の人があんなにしてお祭り騒ぎやるけど、あんなの何にもならんよオ〟言うてね。

人間はね、家族に見守られて、静かに息を引き取ってこそ魂取《たまど》りができる。先祖の霊と一緒に祀《まつ》られて、神さまになるんですよ。

沖縄では、非業《ひごう》の死を遂げた人の霊は、永劫《えいごう》に彼岸に達せずにさまよいつづける、といわれている。

この、魂魄の塔、いや、私にはどうしても塚としか思えないのだが、ここに葬られた人びとは、その名も数もいっさい不明のままに三十数年を経たのである。

男も、女も、老人も、赤ん坊も……。

俯《うつぶ》せの屍体。仰向けの遺骨。手足が欠け、首の折れたものも、衣服の布切れが骨にへばりついているのもあろう。

髑髏《されこうべ》にも、一つ一つ、かすかな表情のちがいがある、と最近沖縄で遺骨収集をした人に聞いて、私は胸をうたれた。

この塚の中から、叫び、呻《うめ》き、泣いている声々が聞えてくるような気がする。

「あら、あかばなぁねえ！」

洋子さんがそう言いながら立ち上がった。

いつのまにとってきたものか、彼女は私と洋子さんに花を差し出していた。

ハイビスカスである。厳密には、あかばなぁはその一種ではあるが、花は小ぶり、色は赤に限られた在来種なのだ。一名を仏桑華《ぶっそうげ》ともよぶ、沖縄独特の花であった。

苔でおおわれた塚の、風化しはじめている小さな碑の前である。彼女はいそいで歩いてきたせいか、痛そうに膝をさすっていた。

いまひらいた、という風情《ふぜい》のあかばなぁを手に、私は〝これでも、戦争は終った、といえるのだろうか〟と誰にともなく問いかけていた。

あとがき

「トシちゃん——」

　那覇市の国際通りを一緒に歩いていた、医師夫人ハル子さんが、二、三歩あと戻りをしかけて声を嚥《の》んだ。

　昭和五十五年十二月である。

「ああ、行っちゃった。やっぱり分らなかったみたいですねえ」

　振り返ると、黒地に赤い花柄のワンピースが、短い髪を振り立てて雑踏に見え隠れしていた。かなり長身である。私たちは、遅い昼食をとることにしてデパートへ入った。

「あの断髪の人は、女学校の同級生ですけどね。気を遣わないせいか、とても五十三歳なんて思えない。十《とお》も若く見えますすよ」

――戦争中、宮崎県へ疎開していたハル子さんは、昭和二十七年四月初旬に那覇へ戻ってきた。うりずん（若夏）とよばれる、快い季節であった。買物に出た路上で旧友に再会したのだという。

「そのときは向こうから声をかけてきて、自分の家へおいでって言ったんですよ。だけど、家へ着いたとたんに、風呂敷包みを持ったままスタスタと出て行きました。そこへお姉さんがきて〝ここが、あたりまえでないんですよォ〟て、アタマを指すじゃありませんか。しっかりした人だったんですけどねえ」

姉妹の父と兄二人は、防衛隊で戦死。母は、島尻へ逃げる途中で艦砲射撃に遭った。母の死骸を片付けようとした姉も、破片を踏んでかるい怪我をした。

昭和二十一年七月。那覇市開南《かいなん》の、避難小舎にちかい仮住いでのことである。戦前に一家が住んでいた旧市内の町は、まだアメリカ軍の軍用地であった。

ある日、トシちゃんは突然何を聞いても答えなくなり、泣きつづけた。たまりかねた姉が、打ち据えて折檻《せっかん》したが、すでに反応をしめさなかった。

トシちゃんは、十九歳の娘とも思えないほど器用にブラウスを縫って、闇米を得たりしていたのである。ベッド用シーツを持って仕立てを頼みにくる、アメリカ兵のハーニー（恋人）なども いて、注文に応じきれないくらい忙しかった。

それが、仕事どころか、わけもなく泣いたり、ふッと、かいがいしく炊事を始めたかと思うと、途中で放り投げて坐り込んでしまったりする。どう見ても常人ではなかった。しかし、原因は不明であった。

やがて、トシちゃんの妊娠が確実になった。当人は、無邪気に西瓜《すいか》腹を突き出して恥じることを知らない。

生まれた子を見て姉は仰天した。黒人との混血児だったのだ。

トシちゃんは、乳が溢れて衣服を濡らしても子を抱こうとはしない。ただ、胸を押えて苦しそうに悶《もだ》えるばかりだった。赤ん坊を背中にくくりつければ、テクテクと町を歩き回った。

空腹で泣く子を見兼ねた通行人が、道端の石に腰をおろさせ、無理に授乳させた。以後、同じ場所へくるとかならず子に乳を飲ませるようになった。黒い赤ん坊は健康に育った。

黒人兵に強姦されたショックで狂った妹とその子をかかえた、三歳年長の姉は、ついに思いあまって赤ん坊を飢えさせようと決心した。人目をはばかる日常に耐え兼ねたのである。授乳期の妹の大食を賄う工面《くめん》にも困り果てた。

「あの人たち、二人っきりになったでしょう。それからの三十五年間を、姉さんがずっと面倒をみてきたってわけですよ。ご主人がいい人だからできたようなものですけどねえ。最近、姉さんのほうはめっきり老《ふ》け込みましたよ。妹をおいて先には死ねないって言うんです。餓死させた赤ん坊の顔を夢に見て、しょっちゅううなされるんですって――」

きょうもトシちゃんは風呂敷包みをかかえてましたよオ、あの中には何が入ってるんでしょうねえ、と言いながら、ハル子さんは食後のタバコを吸いつけた。

那覇市随一の繁華街、国際通りを、戦争による狂女が人混みを縫って歩いている。一見、何の変哲もない光景である。だが、トシちゃんは、昭和二十一年で時間が停まっているのだ。

三年余のあいだ、私は沖縄戦に遭った女の人をしつこく訪ねて、つらい体験を思い出させてしまった。いっそ、狂ってしまいたかった、と述懐した人もあった。いままでも、当時の恐怖から抜けられないでいる人たちなのである。

何という罪ぶかい所業か、と己れを責める一方で、私はどうしても聞きたいという心の昂《たかぶ》りを抑えられなかった。人間が殺し合う、愚かな戦争を、二度としてはならぬ、と痛いほど歯を噛み合わせてあるいた。

沖縄の人は口が重い。しかし、何べんも会っているうちに、まるで門中の一人ででもあるかのように、家庭料理を振るまい、打ちとけてくれるのだった。

清明祭《シーミーサイ》に行き合わせたことがある。ある家のお嫁さんが、風邪気味なので代りにお墓へ行ってちょうだい、と言う。ご馳走を詰めたお重箱やお花をさげた、お姑さんに当る人と霊園へ行った私は、一日を墓所の前の広場で過ごした。付近の墓にも縁者が集まり、互いに大声で話し合ったりしていた。東京あたりの墓参とはおよそ趣のちがう、賑やかな交歓風景なのである。

彼方の小高い丘の斜面に、砲弾で欠けた石積みの残る、雄大な亀甲墓《きっこうばか》がのぞめた。なだらかな半円形と中央の四角い墓穴は、女が子を産む姿だともいわれる。死者は、生まれ出た所へ戻る、というものらしい。だが、戦争で遺骨の拾えない人はそれも叶わない。

体ごと吸い込まれるような、明るい空の下であった。

同じ人に会うたびごとに〝あ、こんなこともあったよ〟と新しい事実を話される。とうてい、短時日で言い尽くせるような体験ではないのである。と同時に、どの人にも、明らさまにしたくない部分があるようなのも否めなかった。

私は、ほんの一部の人に、話せる範囲のことを聞かせてもらったのにすぎない。あの極限状態のなかでは、一人一人が全部異なる体験をしているのだ。もっと凄《すさま》じい過去を抱いて、ひっそりと生きている人がどれほどいるか、はかりしれない。

住民の犠牲者だけで十余万人。そのほとんどが老幼婦女子である。わずか一五キロメートル平方弱の島尻を、首里から撤退した三万の敗残兵と入り混って、敵ばかりでなく、友軍にも殺される地獄図絵の三か月余であった。飢え、撃たれ、死の彷徨の末に自決した人も多い。死者は、その苦悩を永劫《えいごう》に語ってはくれない。

きょうは、六月二十三日。沖縄玉砕の日である。

ちかいうちにもう一度戦跡をあるきたいと思った私は、山城永盛さんに電話をかけた。〈ありあけの里〉も訪ねるつもりであった。

「カマドさんが亡くなりましてねえ」

私は声がつまってしまった。破片の入っている膝を撫でながら、ポツリポツリと話してくれた老女の顔が、そこにあるような気がした。

――ホームの人らとも、戦争の話はなるべくせんようにしとる。あんな恐ろしいことは、誰もあんまりしゃべりとうはないさねえ。三十年の余も経ってからに、トートーメー（位牌）も煤《すす》けてしもうた。ゆうべ、あんたのこと考えてよ。うち（私）は、標準語を上手にしゃべることもできん。字も書けんさ。それでもね、やっぱりあの戦争のことは、いまのうちに遺言しとかんと分らんようになるなあ、とそう思うたのさ。

こうして、一人ずつ戦争の惨を知る人が消えてゆき、やがて、住民が戦火にまき込まれた沖縄は忘れ去られて、基地と観光だけの島になりはしないだろうか。

ノブ子さんの父が捕虜になった夜に天を仰いで繰り返した〝ぬちどたから（命ぞ宝）〟という言葉が脳裏にこびりついて離れない。残忍を極めた戦場で、かろうじて生を全うした人の口からほとばしり出た、重い実感なのである。絶対に風化させてはならない。

西も東も分らずに、いきなり沖縄へ飛び込んでしまった私である。大山一雄さん、山城永盛さんをはじめ、多くの方が、幼児に教えるように方言を訳し、風土に馴染《なじ》ませて下さった。何とお礼を申しあげてよいか、言葉が見つからない。

つらい体験を話して下さった女の方々に、どうかお許し下さい、と合掌したい気持でいる。

私が、ひとりでも多くの人に語りつぎたいと念じた文章を、筑摩書房の柏原成光氏、土器屋泰子氏の手で一冊にしていただけたのは、ほんとうにありがたいことである。

昭和五十六年六月二十三日

真尾悦子

新版解説　風に問う、沖縄の記憶

吉川麻衣子
（沖縄大学教授）

わたしは沖縄で生まれ、沖縄で育ち、今も沖縄の風に抱かれて暮らしている。

真尾悦子さんの『いくさ世《ゆう》を生きて――沖縄戦の女たち』が、「沖縄戦から八〇年」の節目に新装復刊する意味を重く受け止めている。解説を依頼され、かつて幾度か開いたこの一冊を再び手に取った。戦時の凄惨な描写と、それを語る現代との間を頻繁に行き来する物語の激しいリズムに圧倒され、ページをめくる指先は止まらなかった。最後の言葉まで一気に読み終えると、胸の奥で何かが疼《うず》きはじめ、その疼きを抱えたまま沖縄本島の南端、喜屋《きやん》武岬へ車を走らせた。

喜屋武岬――それは、沖縄戦の壮絶な日々を生きぬこうと、南へ、南へと追い詰められた無数の命が最後に辿り着いた断崖絶壁の地で、本書の第二章にも登場する。岬に立ち、潮風が肌を撫でると、八〇年前の悲劇が容赦なく蘇った。行き場のない絶望のなかで命を手放した人びとの想いに触れると、胸が裂けるような痛みに襲われた。「八〇年が過ぎました。みなさまの瞳には、この世界はどう映っていますか？」風に乗せて問うわたしの声は波間に消え、答えはただ静かな海の彼方に溶けていった。

その朝、テレビでは「空爆で多数死亡」のニュースが流れていた。解説者が不安げな声で口にした「第三次世界大戦の前触れ」という言葉が、わたしの身体を貫くように響いた。八〇年前のあの日、命を落とした人びとは、自分たちの悲痛な体験が何ひとつ教訓として活かされず、いまだに繰り返される戦争をどんな想いで見つめているだろうか。その問いがわたしの心を鋭く揺さぶった。逃げ続け、ついに捕虜となり、ようやく土の上で痛い足を伸ばしたノブ子さんの父。その口から漏れ出た「動乱（戦争）の世は終り、やがて、平和な、よい世の中がやってくる」という節が、何度も胸に響いた。

ここで少し、わたし自身の経験にも触れたい。

沖縄戦を生きぬいた人びとの研究に携わって、三〇年近くが経つ。地上戦が繰り広げられた沖縄では、軍人だけでなく無数の一般住民が命を落とした。砲弾が降り注ぐ中を逃げ惑った人びとの証言や手記を読むたび、あるいは震える声で直接その体験を語る人びとに触れるたび、わたしは胸が締めつけられた。あれほどの苦難をくぐりぬけてなお生きるということが、どれほど重く、どれほど痛みを伴うのかを、幼い頃からずっと心に刻み続けてきた。「命《ぬち》どぅ宝」、この短い言葉は、命が刻まれた沖縄の大地がわたしに教えてくれた祈りそのものである。

人びとの声を聴き痛感するのは、戦争の傷は時を経るごとに薄れるどころか、むしろ鮮明に蘇り新たな痛みを伴うということである。かつて戦場となった土地で暮らす人びとは、日常の中で幾度も当時の記憶を呼び起こされる。特に、米軍基地の存在は戦時トラウマの引き金となり、不眠や再体験といった心身の不調をもたらし続ける。戦争体験を胸の奥深くに抱え、語れずにひっそりと生き、あるいは沈黙のまま人生を終えた人たちの静かな痛みもまた、沖縄の地に静かに横たわっている。

また、二〇年前からは、沖縄の各地で「戦争体験の語り合いの場」を共創してきた。「命あるうちに語り遺したい」という人びとの切実な願いに応えたものである。そこでは、生死を分けた刹那の決断や他に語りようのない戦後の苦悩、そしてそれがもたらした世代を跨《また》ぐ「家族のトラウマ」が、少しずつ言葉にされ始めている。戦争から戻った父親が暴力に走った話、戦場の記憶に縛られて暮らす家族、精神を患い育児を放棄した母親とその子孫たち……。こうした語りの中には、戦争の後遺症が人びとの日常を今もなお深く蝕《むしば》んでいる現実が生々しく浮かび上がってくる。

ある時、かつて敵として対峙した元アメリカ兵と沖縄戦を生きぬいた女性が、七〇年を経て対話を交わす瞬間があった。涙を流しながら謝罪を口にする元兵士に対し、女性は静かに答えた。「あの頃は敵としてあなたを恐れたけれど、今こうして話していると、同じ人間だと感じます。戦争が始まる前にこういう対話ができていたら、どれほどよかったでしょう」。そのやり取りは、対話が傷を癒す可能性を秘める一方で、戦争を防ぐには何よりもまず対話が必要だと強く訴えている。

一方で、戦争の記憶は容易に語れるものではない。トラウマの回復には安全な環境で語ることが重要とされるが、多くの人が生きるために（援護を受けるために）真実を歪めたり、社会的な沈黙の中で語る機会を奪われたりしてきた。人びとの記憶と想いを継承しようとする活動は、語り手と聴き手の双方にとって根気がいる。真尾悦子さんは、自らの行動を「罪深い所業」と責めつつ、「愚かな戦争を二度と繰り返してはならない」という使命感に突き動かされて証言の記録を続けてきたという。わたしもまた、語り手が秘めてきた想いを受け止めることの重さを感じつつ、人びとの言葉を後世に残す役割を引き継ぎ、活動を続けている。

真尾悦子さんが描いた戦後三三年目の沖縄は、観光客の活気にあふれ、新たな建物が立ち並ぶ繁栄した風景と、敗戦以来変わらず存在し続ける米軍基地が同居する矛盾に満ちた場所であった。その光景は今も変わらず、基地関連の問題が沖縄に住む人びとの生活を脅かし続けている。一方、「沖縄戦から八〇年」を経た現在、米軍基地関係者やその家族の存在は沖縄の日常に深く入り込み、ある種の文化として定着しつつある。同時に、〝どうせ声を挙げても変わらない〟という諦念も広がりつつある。理不尽を抱えながら共生を模索する沖縄の複雑な現実を、どうか国民全体で受け止めてほしい。

現在もなお、沖縄の地には数えきれないほどの爆弾が埋まり続けている。観光地の土深くには今も爆弾と遺骨が共に眠る。明日、わたしが住む地域でも不発弾の撤去作業がある。沖縄の地に眠る爆弾をすべて撤去するには、あと一〇〇年かかると言われている。沖縄戦の傷跡が癒される道のりは途方もなく遠い。それでも、本書に記された女性たちの勇気ある証言が、過去と未来を結ぶ一筋の光となり、私たちが一歩を踏み出すための道標となることを、わたしは心から信じている。

ちくま文庫

新版《しんぱん》　いくさ世《ゆう》を生《い》きて——沖縄戦《おきなわせん》の女《おんな》たち

二〇二五年五月十日　第一刷発行

著　者　真尾悦子（ましお・えつこ）
発行者　増田健史
発行所　株式会社　筑摩書房
　　　　東京都台東区蔵前二―五―三　〒一一一―八七五五
　　　　電話番号　〇三―五六八七―二六〇一（代表）
装幀者　安野光雅
印刷所　三松堂印刷株式会社
製本所　三松堂印刷株式会社

ISBN978-4-480-44033-4　C0195